「あっ……やっ…」

いきなり入ってきたものの大きさに、ハルトは怖気づく。が、そこはすんなりとクレイグのものを受け入れていた。

「ああ、やっぱりだ…。きみが……」

Cocktail Kiss Label

# 王族アルファの花嫁候補

義月粧子

Syouko Yoshiduki

この物語はフィクションであり、実在の人物・団体・事件等とは、いっさい関係ありません。

# Contents

イラスト・小山田あみ

# 王族アルファの花嫁候補

ハルト・ガードナーを乗せたリムジンは、なだらかな牧草地帯を抜けて橋を渡る。

川を越えたその先は王族の所有地で、一般には開放されていない。尚《なお》も続く牧草地帯を抜けると、車はやがて深い森に入った。

「あ、電波切れた…」

ずっとスマホに釘づけだった双子の弟のナツキが、眉をひそめる。

ハルトはそんな彼をちらと見ただけで、視線を再び窓の外に向けた。


「お見合いだって。ウケる」

数日前、ナツキは両親から今日のパーティの意味を聞かされたときに、そう云《い》って笑った。

ナツキはオメガとしての自分を満喫していて、自由奔放に生きている。中学生のころから二人は揃って名門校に通い、ナツキはそこでもアルファたちを惹きつけてやまない。

二人の艶やかな黒髪と黒い眸《ひとみ》は、東洋にルーツを持つ遠い祖先の血が色濃く表れている。

双子でありながら、ハルトはナツキの陰に隠れたような存在だった。

アルファたちと遊ぶことに忙しいナツキと、読書ばかりしているハルトとでは気が合うはずもなく、特に高校に通うようになってからは、双子であっても一緒にいる時間は殆《ほとん》どない。そして今年に入ってからはハルトが一足先に大学に進学して更《さら》に海外留学をしてからは、メールをたまに送るくらいの関係でしかなかった。

そんなハルトが休暇で実家に戻っているときに、母からパーティの話が出たのだ。

「何云ってるの、お相手はロックハート家のクレイグ様よ」

「ロックハートって、ロックハート財団の？」

興奮ぎみの母に、ハルトが聞いた。

「ええ。王族とはいえ王位継承権もない自由なお立場で経済活動されていて、社会貢献の面でも高く評価されているわね。とてもよいお話をいただいて光栄だわ」

母はすっかり夢心地だ。

ガードナー家はかつては王室に影響力を持つ家柄だったこともあったが、何代か前に事業に失敗してからは体裁《ていさい》を取り繕《つくろ》うのがやっとで、かつての勢いは見る影もない。

そのガードナー家の跡取りでもある双子の父は、美貌と気品と教養を持ち合わせていたアルファだったが、生活力はなかった。

今は図書館の館長をしているがそれは名誉職みたいなもので、報酬は四人家族が暮らしていくことすら充分ではなく、母の実家の援助を受けて何とかそれらしい体面を保っていた。しかしこのところ母の実家の家業も右肩下がりで、部屋の修繕《しゅうぜん》すら間に合わないのが実情だ。

母は最愛の夫のためにもガードナー家の復興を強く願っていて、そのためにも双子のオメガたちを有力者に嫁がせたいと思っていたのだ。

ハルトは母から渡されたポートレートに目を落とすと、無意識に眉を寄せた。

（なんだろう、この感覚は…）

忘れていた記憶が揺さぶられたような…。しかしその人物をハルトは初めて見るし、誰かに似ているわけでもない。

ただ、何か引っ掛かる。引っ掛かるというか、引き寄せられる。

「へえ、イケメンじゃん」

横から覗き込んだナツキが茶化す。興味津々という顔だった。

ハルトははっとして、ポートレートをナツキに渡した。

「…ナツキのタイプじゃない？」

ナツキに云われて、初めて写真の男がかなりのイケメンであることに気づく。

整った…というだけでは不十分な、見事な造形美。プラチナに近い金髪に碧《あお》い眸、如何《いか》にも貴族然とした品格が備わっている。

「けど順番でいえば、ハルトだよね。弟が兄を差し置くわけにはいかないし」

「…そうやって面倒を僕に押し付けるな」

ナツキは贅沢《ぜいたく》な生活に憧れているが、同時に責任も負いたくないのだ。王族との婚姻となると贅沢は手に入れることはできても、自由度は下がる。イケメン好きで贅沢好きのナツキがこの話に飛びつかないのは、それがネックになっているのだろう。

一方、ガードナー家の復興にも贅沢な暮らしにも興味のないハルトも、この縁談には乗り気ではない。というか、どんな縁談にも興味はない…はずだった。


写真を見たときの、記憶を揺さぶられるような感覚、あれは何だったんだろう。

窓の外の景色を見ながら、再度思い起こす。

「あ……」

森を抜けた先は広い芝生が広がっていて、遠くに馬が駆け抜けていくのが見えた。

クレイグ・ロックハート…。

顔もろくに見えなかったのに、やけに確信的にそう思えた。

なんだ、この感じは…。

「どした？」

ナツキがスマホを持ったまま問いかける。

「馬が…」

「馬？　あ、接続戻った」

電波が再び圏内に入ったらしく、ナツキの注意は既《すで》にスマホに戻っていた。

道は馬とは反対方向に進み、すぐに見えなくなってしまった。

やがて二人を乗せたベントレーは頑丈な門を通り過ぎて、屋敷の前に停まった。

大きな扉が開いて、執事然とした老紳士が二人を歓迎する。

「お待ち申し上げておりました。どうぞ中へ」

ハルトは車を降りると、ジャケットのボタンを留めた。

「本日はお招きありがとうございます」

緊張しながら挨拶《あいさつ》をすると、ちらりと弟を見る。

今日は両親は招待されていない。母は問題児のナツキのことを心配していたが、ハルトは彼の外面《そとづら》が素晴らしくいいことを知っていた。

案の定、ナツキが特上の微笑《ほほえ》みを浮かべて優雅に挨拶をしただけで、冷静沈着なはずの執事が僅《わず》かに動揺している。

「…お待ち申し上げておりました。どうぞこちらに」

「ありがとうございます。このお屋敷はチューダー様式なのですね」

「左様《さよう》でございます。十六世紀のものと聞いております」

「お庭は国立植物センターの教授が保存に関与されているとか」

それらは、出かける前にハルトがナツキに教えたことだが、ろくに知らないことでも話題にして場を持たせることができるナツキの度胸に、ハルトはいつも感心してしまう。屋敷の豪華さにすっかり気後れしている自分と違って、堂々としたものだ。

着慣れないスーツに居心地の悪さを感じているハルトに対して、ナツキは女性デザイナーの手掛けたどこか中性的なデザインを自然に着こなしていた。

広い中庭に案内されると、着飾った紳士淑女が飲み物を片手にあちこちで談笑している。

その一角では室内楽サロンが催されていて、女主人がパトロネスとなっている演奏家たちがシベリウスを奏でている。

「奥さま、お客様をご案内いたしました」

友人たちとお喋りを楽しんでいる女主人に、執事がそっと告げる。

彼女こそが、前国王の妹を母に持つレディ・キャサリンだ。クレイグ・ロックハートの大叔《おお》母《ば》にあたる。

同席しているセレブリティたちの目が、一斉に双子に向いた。

ハルトはさっき以上の緊張で、思わず生唾《なまつば》を呑み込んだ。

「ま、可愛い方」

女主人の目はハルトを通り越して、ナツキに注がれている。

「ほ、本日はお招きいただき、ありがとうございます」

つっかえながら、それでもハルトは何とか挨拶をしてぎこちなく一礼した。すぐさま、ナツキがそれに続く。彼の優雅な振る舞いに、女主人も彼女の友人たちからもほうっと溜め息が漏れる。

貴族的な立ち振る舞いは、おそらく予習がわりにと先週見ていた王宮ロマン映画の模倣だろうが、付け焼刃を感じさせない程度にはうまく演じていた。

ナツキの美貌はアルファ男性に強い引きを持つが、アルファ女性の庇護《ひご》欲もそそる。たとえていうなら、とびきり愛らしい仔猫《こねこ》に会ったときのような。

そこにいるアルファ女性たちはナツキを取り囲んで、楽しくお喋りに花を咲かせている。

その陰に、ハルトはすっかり隠れてしまう。とはいえ、それはいつものことで、自分は目立たないようにひっそりしていることが一番だということも知っていたし、その方が気楽でいいと割り切っていた。

社交はナツキに任せて自分は音楽を楽しんでいたが、ふと何かに呼ばれたような気がして視線を上げる。

シックなスーツを着た長身の男性が、執事と何やら話をしている。

どくんと、ハルトの心臓が大きく震えた。

既に彼に気づいたご婦人たちが、先を競って挨拶する。彼は失礼にならない程度に軽くかわしながら、女主人のところまで移動する。その洗練された身のこなしに、ハルトの目は釘づけになった。にわか仕込みのナツキとはまるで違う。

「クレイグ、やっといらしたのね」

彼は身を屈《かが》めてキャサリンにハグをした。

「すみません。着替えに手間取りました」

「乗馬は楽しめて？」

「ええ、存分に」

あ、やっぱり…。さっき馬に乗っていたのは彼だったのだ。

ハルトは運命的なものを感じてしまう。

「紹介しましょうね。こちら、ガードナー家の方々」

ナツキとハルトをクレイグに紹介する。

「ああ。私の未来の花嫁ですか」

苦笑しつつも、二人の顔を交互に見た。

「それはお互いが気に入ればの話よ」

「なるほど」

クレイグはそう云うと、兄と紹介されたハルトに握手を求める。

「クレイグ・ロックハートです」

ハルトはおずおずと自分の手を出した。

「ハ、ハルト・ガードナーです」

「よろしく」

爽やかな笑みを浮かべて、差し出されたハルトの手を握った。

「こ、こちらこそよろしくお願いします」

優雅とはほど遠く、おどおどとした態度で頭を下げながら返す。

「で、きみがナツキ?」

後ろに控えるナツキに視線を移すと、うっすらと目を細めた。

「はい。よろしくお願いします」

二人はじっと視線を合わせて、握手をする。

それとほぼ同時に、ハルトの心臓に何かが刺さったような痺《しび》れが走った。一瞬息ができなくなったような気がしたが、それはすぐに収まった。

ほっとして二人を見ると、クレイグは握手をしたまま見入ったようにナツキを凝視《ぎょうし》している。

ハルトの胸がざわついた。

「クレイグ？」

キャサリンに呼ばれて、クレイグははっとしたように手を放した。

「これは失礼。双子というから、そっくりだと思っていたので…」

「…僕たちは二卵性なので」

ハルトが小声で返す。

「ああ、そうなんだ」

クレイグは頷《うなず》きつつも、ずっとナツキから目を離さない。

「きみは…」

「あの！　僕は今日はハルトの付き添いで来ただけなので」

「…そうなの？」

二人の視線が自分に向いて、ハルトは慌てる。

「え、あの…」

「ハルトが兄ですから。順番は大事でしょ？」

茶目っ気たっぷりに云う。そのとき、クレイグがどこかがっかりしたように見えたのは、ハルトの気のせいだろうか。

「なるほど」

苦笑して、クレイグがハルトに向き直る。

ハルトは不安でいっぱいになった。クレイグの反応はナツキに特別な何かを感じたように見えたからだ。もしかしたら自分が優先されることにクレイグは不満なのでは…。

しかしそんなハルトの予想に反して、クレイグは優しくハルトの微笑みかけてくれた。

「…では、こちらが私の花嫁候補ということで？」

悪戯《いたずら》っぽく云われて、ハルトの気持ちがふわっと浮き上がる。

「改めてよろしく」

非の打ち所のない容姿に笑いかけられて、いっぺんに夢見心地になった。そして、さっきハルトの心臓に刺さったところから、痺れがじわじわと全身に広がってきた。

「…キャサリン様、彼らを遊戯室に案内してもかまいませんか？」

「まあ、もちろんよ。それがいいでしょう」

クレイグは大叔母に一礼すると、二人を振り返る。

「きみたち、ビリヤードに興味は？」

ハルトとナツキは同時に顔を見合わせた。

「…やったことありません」

「やってみたい」

興味津々のナツキに、クレイグはちょっと目を細める。

「教えてあげよう」

遊戯室は母屋《おもや》のすぐ近くにある小さな平屋建てで、一階のフロアに立派な造りのビリヤードが置かれていた。いつでも使えるように、隅々まで掃除が行き届いている。

「わ、ダーツもある」

ナツキはすっかりはしゃいでいる。

クレイグはそんな彼らを見ながら、外に控えていた使用人に指示する。

「遊戯室にお茶を。…ああ、そうだね。では冷たい飲み物も一緒に」

部屋に戻ってくると、上着を脱いで椅子の背にかけた。そして壁に並べられているキューの中から一本を手に取った。

年代物の、使い込まれたキューだ。クレイグはその先端のタップにチョークをつけると、手球を突く。

何というか、実に絵になるとハルトは思った。

クレイグはカツカツと靴音を立てながら台の周囲を回って狙いを定めると、次々とボールを沈めていった。

「凄い」

ナツキが感嘆の声を上げる。

「久しぶりだけど、まああかな」

技のことはよくわからなかったが、ポーズがいちいちカッコよくて、ハルトは思わず見入ってしまった。

「どう？　やってみる？」

「やりたい！」

ナツキが積極的に手を挙げる。ハルトはどちらかというと見ている方がよかったが、それだとしらけさせるだろうと思って、自分も教えてもらうことにした。

キューを支える指の形をブリッジというが、クレイグの長い指が器用にブリッジを作る。

「え、こう？」

「そうそう。悪くないよ」

クレイグはナツキに手を添えて、少し矯正《きょうせい》する。

「ハルト、写真、撮って！」

催促されて仕方なくナツキのスマホを彼のポケットから取り出す。

にスマホを渡す。

「僕が撮ろうか。きみもやってみて？」

微笑みかけられて、ハルトは心臓が飛び出そうだった。もごもごとお礼を云って、クレイグにスマホを渡す。

ハルトはナツキを覗き見ながら、ブリッジを作ってみる。

「そうそう。二人とも飲み込みいいね」

云いながらハルトの指に触れて補正してくれた。

クレイグの息が自分の耳にかかって、ハルトは失神しそうだったが、それでもその動揺は殆ど表には現れず、周囲には淡々と対応しているように見えてしまう。

クレイグはどちらかを贔屓《ひいき》することなく、二人を平等に扱った。

ビリヤードを教えながらも、二人に他愛ないことを質問する。ナツキは無邪気に答えて、更に自分からも質問するが、ハルトは緊張してうまく答えることもできない。

快活で表現力豊かなナツキに対して、ハルトは良いように云えば冷静沈着、悪く云えば暗くて何を考えているのかよくわからない、となる。

それでもいつもはもう少しうまくやれているのに、今日はとにかく緊張でそれどころではなかった。

彼と目が合うだけでどきどきしてくる。体温が上がって、多幸感が沸き起こる。これ、何なんだろうか。自分はどうしちゃったんだろう。

クレイグは見た目も身のこなしもスマートで、会話術にも長《た》けている。こんな素敵な人に惹《ひ》かれないほうがおかしい。

「カッコいい人だったね」

迎えの車に乗り込むと、ナツキはほうっと溜め息をつくように同意を求めた。

「……うん」

「うちのガッコも美形のアルファはけっこういるけど、格が違う感じ？」

ナツキが他人を誉めるのは珍しい。

「ロックハート財団って、世界中に別荘持ってるんだよね。ハルトが彼と結婚したら、僕も使わせてもらえるかなあ。楽しみだな」

気が早いナツキは、帰りの車の中ですっかりはしゃいでいる。

しかしハルトはあんな素敵な人が自分と結婚するとか、ちょっとあり得ないのではないかと思い始めていた。

「そんなうまくいくかな…」

「いくんじゃない？　なんでも、ロックハート家にとって双子のオメガってのがラッキーアイテムらしいから」

そういえば母もそんなことを云っていた。繁栄を約束してくれる象徴、とか何とか…。

「それにしたって…」

「キャサリン様肝《きも》いりのお話ってそういうことだろ？　クレイグだってそれを承知の上だと思うけど」

「…そんなこと、本気で信じてるのかな」

「少なくともキャサリン様は」

それはそうなのだろう。

王室には、昔から伝わる風習や儀式といったものを大事にする空気がある。

キャサリンはロックハートに嫁ぐ前は、現国王とその兄弟の従兄弟たちと特別仲が良く、王室の行事にもよく参加していた。そのせいで、ときには非科学的と云われるような言い伝えにも抵抗がないのかもしれない。

しかしクレイグはどうだろうか？　王族とはいえ、王室とは少し距離を置いているようにも思える。彼もそんな言い伝えを信じているとは考えにくい。

「ハルトは恋愛初心者だから、クレイグみたいな人にいろいろ教えてもらうといいよ」

にやにや笑うナツキに、ハルトは耳が赤くなってしまう。それをナツキに指摘されて、思わず耳を覆った。

「ハルトはいつもスカしてるけど、そういうとこ可愛いよね」

「……うるさい」

小さい声で云い返す。

「そういえば、彼、二つ目の大学院に通ってるって云ってたよね。ハルトとも気が合うんじゃないの」

クレイグは、今はアメリカの大学で経営を学んでいるのだ。大学院で勉強しながら、ロックハート財団の仕事もこなしている。

「とりあえずうまくいくよう応援してる。金持ちの親戚がいればいろいろ有利だし」

ナツキに揶揄《からか》われたくなくてハルトはそれを無視したが、そんなふうに云われるとクレイグとのことが少しずつ現実味を帯びてくる。

もしまた会えるなら、大学院の話を聞かせてもらいたいな。どんな研究をしているのか聞いてみたい。

そんなことを考えるだけで、どこか浮き立つような不思議な感覚だ。

あのときに心臓に突き刺さったものから痺れがじわじわと広がって、いつもの景色がこれまでとは違う輝きを帯びているような。

……妙な幸福感？　なんだろう、これは。

一人でベッドに入っても、すぐに寝付けなかった。

クレイグの笑顔が浮かんできて、胸がきゅっと締め付けられる。

ブリッジを教わったときに触れた指の感触が蘇《よみがえ》って、それを意識すると体温が上がる。

また会えるかな。また会いたいな。

短時間で一気に会いたい気持ちが募る。気持ちが高ぶってきて、いつまでも目が冴《さ》えて眠ることができなかった。


翌日、ハルトは大学に戻るための準備をしていた。

「もっとゆっくりしていけばいいのに」

「試験もあるからね。また顔出すよ」

残念そうな母にそう返すと、インターホンが来客を告げた。

「あ、僕が出ようか」

母に代わって玄関に向かう。

扉を開けると、キャサリンの屋敷であの執事と一緒にいた執事見習いの青年が、帽子を小脇に抱えて立っていた。

「キャサリン様からのお手紙を預かってまいりました」

うやうやしく手紙を差し出す。

ハルトの心臓がどきんと脈打った。

この時代に、電話でもなく、ましてやメールでもなく、メッセンジャーサービスでもなく、使用人がじきじきに手紙を持参するなんて。つまり、きっとそれは公式な何か…。

「ご、ご苦労さまです」

ハルトが受け取ると、署名を求められた。まるで裁判の召喚状《しょうかんじょう》だ。

「確かに。では失礼いたします」

帽子を被《かぶ》ると、つばをくいっと下げて去っていく。

「ハルト、どなた？」

母が後ろから声をかける。

「て、手紙を…。キャサリン様からだって」

母に手紙を渡す。

「これって…」

母の顔がほんのり上気している。彼女はリビングで寛《くつろ》ぐ夫に手紙を差し出すと、自分の部屋にいたナツキも呼んで、皆で開封を見守った。

父はペーパーナイフで封を切ると、丁寧に手紙を取り出して目を通した。

「…ナツキとのお話を進めてほしいって」

ハルトは喉《のど》を締め付けられたように、一瞬呼吸ができなくなった。

「なんで僕？」

いきなり当事者になって戸惑うナツキに、母が抱きついた。

「なんて素敵！」

「ハルトじゃなくて？」

ナツキがハルトを振り返る。

ハルトは慌てて笑みを作ると、肩を竦《すく》めてみせた。そうするのが精一杯だ。

「きっと気に入ってもらえると思ってたわ。今夜はお祝いしなきゃ！　ハルトも明日の便にしなさいよ。今なら変更できるでしょ」

母はすっかり舞い上がっている。が、当のナツキはすっかり困惑している。

「ちょっと待ってよ。婚約とか、そういうのは…」

他人事でいたのに当事者にされてしまって、ナツキは助けを求めるように父を見た。

「…ここにクレイグ様からの伝言がある。来週には大学に戻るので、それまでにもう一度会うのはどうだろうか。何度か会う機会を設けたい。今すぐに決める必要はないので…って」

父が読み上げて、手紙をナツキに見せた。

「会うだけ？　そのあとで僕が断ったとしても大丈夫？」

「断るなんて…」

不満そうな母に、口を噤《つぐ》むよう父はそっと指を上げる。

「もちろん問題ない。婚約は二人で決めることだと、キャサリン様も最初からその上でのお話だとはっきり約束していただいている。何ならもう一度確認してもいい」

父はきっぱりとそう云った。それでナツキも何とか納得したようだ。

ハルトは何も口を挟めなかった。自分は蚊帳《かや》の外だったのだ。

「そっか。それなら、また会うのはいいよ。乗馬も教えてもらいたかったし」

無邪気なナツキの言葉に、ハルトは胸が潰れそうだった。

そうか、クレイグがもう一度会いたいのはナツキだったのだ。

ハルトの中で、何かが崩れていくようだった。

自分がどんなに会いたくても、向こうはそんなことひとつも思ってなかったんだ。運命的だなんて笑っちゃう。

これまでナツキのことを羨《うらや》ましいと思ったことは一度もなかったが、このときほど彼が妬《ねた》ましかったことはない。自分はあんなに会いたかった彼に会えるのだ。それだけのことが、たまらなく羨ましく妬ましい。

しかしそんなことを悟られるわけにはいかないので、強張《こわば》った顔をごまかして家族の話に混じるしかない。

心がついていかないが、そんなこと誰にも云えない。

飛行機の予約を変更して、祝いのディナーに参加するしかなかった。

「乗馬を教えてくれるって！」

早速クレイグとメール交換をしたナツキが嬉しそうに報告してきて、ハルトは黙ってそれを聞いて適当な相槌《あいづち》を打つ。

自分以外の皆が楽しそうで、ハルトはその空気を壊さないようにときどき頷いたり、笑ったりしながら、味のしないご馳走《ちそう》を食べた。

部屋に戻ると、ハルトはベッドに身体を投げ出して、大きく息を吐いた。

涙がじわじわと溢《あふ》れてくる。

ハルトはあの遊戯室でのことを思い起こしていた。

そりゃ、誰だってナツキを選ぶだろう。

メイドが運んでくれたサンドイッチをナツキは上機嫌で食べていたが、ハルトは緊張しすぎて何とかお茶で流し込んだ。それは不機嫌そうに映ったかもしれない。

クレイグは両方に質問していたものの、今から考えると明らかにナツキ寄りの質問になっていた。紳士だから平等に扱ってくれていたものの、クレイグの関心は最初からナツキに絞られていたのだ。

運命的だって、バカみたいだ…。とんだ早とちり。というか、ただの願望。

こんなこと、わかっていたことのはずなのに。

社交的で自分に自信があって、誰もがナツキに魅了される。

子どものころからナツキはキラキラした存在で、ハルトもそんな彼が大好きだった。しかし両親以外はみんなナツキだけを愛していることを知るに従って、自分の存在を殺すようになってしまった。

目立たないように、自己表現を抑えるようになってしまったのだ。

周囲が悪気なく「双子の可愛い方」「そうじゃない方」みたいな云い方をしているのも知っている。そんなことで傷ついたことはなかったが、いつしか自分の中に刷り込まれていった。

わかってたのに、なんで期待してしまったのだろう。

キャサリンやクレイグにしてみれば、双子のオメガであればいいわけで、兄か弟かなんてどうでもいいことで、それなら当然ナツキが選ばれる。なのに、ナツキが勝手に順番であれば兄から…なんて云ったのを、都合よく鵜呑《うの》みにしてしまった。

ナツキと一緒にいたら、いつも自分は対象外なのに。本当にバカみたいだ。

あの衝撃を運命だとか勘違いしたせいだ。

すごく恥ずかしくて、期待しただけ落胆も激しい。

もう忘れなきゃ。今は辛《つら》くても、きっとすぐに忘れられる。

それでもハルトは、涙が止まらなかった。


早朝の便で大学の寮に戻って、ハルトはほっとした。

これでクレイグの話を聞かずに済む。関係のない世界にいれば、そのうちにきっと忘れることができるだろう。

冷静になってみれば、クレイグのような人と自分に接点なんかない。自分はナツキとは違うんだから。これまでだって、好きになった人なんていないし、べつにそういう相手がいなくても困ったことはない。

発情期なんて自分に合った薬さえあれば悩むことではなくなっている。上昇志向の強いオメガは、発情期を上手に利用する術《すべ》を知っている。ひと昔前のように発情期に振り回されることはない。

だから、大丈夫。自分はこれまでと何も変わらない生活を送るだけだ。そう思っていた。

しかし、そううまくはいかなかった。

ナツキからたびたび、デートの報告のメールが届くせいだ。

これまでデートの報告なんかしたこともなかったというのに、クレイグとのことを軽々しく友達に話すなと両親から釘を刺されたらしく、誰かに聞いてほしいナツキは仕方なくハルトにメールを寄越すようになったのだ。

一緒に撮った写真が送られてきたときには、ハルトは妬ましく胸が潰れそうだった。

それでも返事をしないわけにもいかず、不審がられないように自分らしい感想を考えて送ることは、もはや苦痛でしかない。

ナツキもクレイグとしょっちゅう会えるわけではなく、それでも月に一度か二度のデートを嬉々《きき》として報告してくる。

やっと忘れかけてきたときに、再び思い起こされる。

少しだけ傷が癒えかけたときに、更に傷口を抉《えぐ》られるような仕打ちに、ハルトの心の一部が壊れいくようだった。

しかし、やめてほしいと云うこともできない。自分のクレイグに対する思いを知られたら、皆が自分に気を使うことになる。それだけは避けなければならない。

何も知りたくないのに、無理矢理に知らされてしまう。

ナツキからのメールに返事を書くたびに、暫《しばら》く何も手に付かなくなる。そういうことを続けていくと、感覚が麻痺《まひ》していく。

二人の婚約を知らされたときは、一日寮の部屋から出ずに茫然《ぼうぜん》と過ごしたが、それでも次の日は普通にやってくる。

自分の気持ちとは違う感想を返すたびに心が壊死《えし》していって、これまで楽しいと思ってた気持ちがどんなだったのかわからなくなってしまう。

心臓に刺さった何かはいつまでたってもとれないし、会いたい気持ちや恋しく思う気持ちは少しも小さくならない。

これはさすがに辛い。身内が自分の好きな人と付き合うということは、こういうことなのだと悟った。

それでも勉強に集中しているときだけ忘れていられた。

幸い、留学生仲間は皆勉強熱心で、学位を取るための時間を少しでも短縮するために一日中勉強している学生も少なくない。

ハルトもそれに倣《なら》って、寝る間も削って勉強した。

ハルトは留学する前から自分の人生設計を考えていて、大学を卒業したら官僚になりたいと思っていた。

自分の国が、自由で安全で豊かであるよう尽力したいと。そのために法律を学び、同時に経済や統計も学んでいる。学べば学ぶほどに奥が深く、時間はいくらあっても足りない。

ナツキへの返事もおざなりになっていったが、婚約を機にナツキからのメールは減っていた。おそらく友人たちに隠しておく必要がなくなったからだろう。

クレイグの話を聞く機会は減って、ハルトはようやくクレイグのことで思い悩むことはなくなりつつあった。

それでもナツキがクレイグと結婚することになったら、クレイグとはホントの意味で親戚になってしまう。それを考えると気が重い。彼の義理の兄になるというのはやはり複雑だ。

それでもそんなことを思い悩んでいても仕方ない。

たとえば父の妹は外国人と結婚して住まいも海外だ。そうなると父も自分たちももう何年も彼女とは会っていない。所詮《しょせん》兄弟とはそんなものだ。

きっとクレイグのこともそうなるだろう。そう願っていた。

卒業に必要な単位も揃って、ハルトが論文執筆に集中していたときのことだった。

母からすぐに帰国してほしいと連絡を受けて、ハルトは急遽帰国することになった。

詳しい話は会ったときに話すと云われて気になったが、論文提出までにはまだ時間はあったし、どちらにせよ官僚の採用試験を受けるために帰国するつもりだったので、一番早い便を予約して空港に向かった。

チェックインを済ませて搭乗ゲートに向かうと、ナツキからメールが入った。

『面倒かけてごめんね。今電話いい？』

面倒？　嫌な予感がして、すぐに自分から電話した。

『ハルト！　ほんと、ごめんねえ』

いきなり云われて、ハルトは思わず眉を寄せてしまう。

「…何も聞いてないんだけど」

『あ、そうなの。実はさ、クレイグとの婚約、なかったことにしてもらったの』

「は……？」

軽く云われて、ハルトはすぐに反応できなかった。

『聞いてる？　クレイグとは結婚しないから』

「…なんで？」

『だって、僕、魂のつがいに会っちゃったんだよね！』

魂のつがい…、それはアルファとオメガの関係に特化して使われる言葉だ。運命のつがいと云う場合があって、早い話つがいであることを運命的に決められている相手、という意味だ。

出逢った瞬間に双方に何らかの衝撃があると。が、非常に稀なケースでもはや都市伝説のように語られてもいた。

『こんなこと本当にあるんだね！　魂のつがいとか信じてなかったけど、出会っちゃったんだよね。これはもう抗《あらが》えないいんだよ』

そんなのはただの思い込みだ。一目惚れを大袈裟《おおげさ》に表しているに過ぎない。そうナツキは云っていたくせに…。

『クレイグもわかってくれたし』

「え……」

『仕方ないねって』

「そんだけ？」

『そうだよ。魂のつがいには勝てないよって』

ハルトはずきっと胸が痛んだ。クレイグはそれをどんな気持ちで云ったのだろうか。

『でさ、よけいなことかもだけど、ハルトが付き合ってみるのどうかなって。どうせ相手いないんだろ？』

その言葉に、ハルトはすぐに反応できず、ややあって返す。

「は？」

『そもそも、これってハルトに来た話だったよね。だからクレイグにもそう云ったら、それも悪くないなって』

「おまえ、バカじゃね？」

思わず声を荒らげたせいで、待ち合いスペースにいる他の客からの冷たい視線を一斉に浴びてしまう。

「そういうの、軽々しく云うことじゃないだろ」

声を潜めて返す。

『そんな怒んないでよ。嫌だったら断ったらいいんだから』

ハルトはその言葉に唖然《あぜん》となった。自分の気持ちとか、クレイグの気持ちとか、ナツキは考えたこともないのだろうか。

こういう彼の自己中心的すぎるところは、どうにもついていけない。

「…とりあえず、帰ってから話をしよう」

『あーごめん、今回は会えないかも。暫く彼氏んちにいるの。母さんたちとちょっと喧嘩しちやってさ。暫く距離を置いた方がいいかなって』

何を勝手なこと云ってるんだろう…。

ハルトは呆れて電話を切った。

今更自分がクレイグと付き合う？　そんなバカげたこと彼が受け入れるはずがない。両親だってそんな失礼なこと云うはずがない。特に父が許さないはずだ。

そう思っていたのに、少なくとも母の考えは違っていた。

違っていたからハルトは呼び戻されたのだった。


「キャサリン様が、ナツキのことは残念だったけど、双子のオメガであればどちらでも問題はないからと仰っておられて…」

母は遠慮がちに切り出した。そんなものはナツキの戯言《ざれごと》のはずだ。ハルトはこの展開にさすがに慌てた。

「ちょ、ちょっと待って…。弟がダメだったので、次は兄にってこと？　いや、それっていくらなんでも…」

「ハルト、これはガードナー家だけの問題ではないのよ」

「どういうこと？」

「貴方《あなた》まで断ると、ジャック伯父さんの会社にも影響はあるかもしれないと…」

「けど、前にお父様は断っても問題ないって…」

「そんな段階はとっくに過ぎているのよ。あのときならまだ誰にも知られてなかったことだけど、今は婚約して二年以上もたっているんだから」

「……」

「はっきり云って、うちはかつてないピンチに立たされているの。貴方だけが頼りなのよ…」

母の必死な懇願に、ハルトは言葉を失った。

キャサリンの夫はフランスの某ブランドの経営者一族の一員だ。早い段階から各国のＩＴ産業に投資していて、その総資産額たるや相当なものだ。その投資を積極的に薦めたのもキャサリンで、彼女はアメリカの大学でビジネスを学んだことがあるのだ。

彼女の経営者としての才覚は飛び抜けていて、ロックハート財団の幹部として財団をリードする一方で、夫の会社の役員も務めていた。

今はビジネスの第一線からは身を引いて、かねてから興味のあった系譜学を修め、ロックハートの歴史を読み解くことに没頭している。そこでの発見を将来に活かすことが自分の最後の仕事と心得て、精力的に実践しているのだ。

「私たちを助けると思って、クレイグ様に会って来て」

そもそもクレイグが断るならともかく、ガードナー家の側が一方的に破棄などと世間に知れれば、何様だと思われ、場合によっては伯父の会社の取引相手が忖度《そんたく》して、商売にも影響するかもしれないというのだ。

それを聞くと、ハルトも嫌とは云えなくなってくる。

「クレイグ様の方で断ってくださったら問題はないのよ。もちろん二人がうまくいくことが一番なのだけど…」

ナツキと結婚するつもりだったのに一方的に振られて、最初から眼中になかった兄である自分とまた見合いをするクレイグの気持ちってどうなんだろうか。

ナツキはクレイグがあっさりと割り切っていると思っているようだが、もし彼がまだナツキを思っているのなら、複雑なんてものではないだろう。

そしてそんな彼に会いに行く自分は、どう振る舞えばいいのだろうか。何より、彼と再会したときに自分が冷静でいられるか自信がない。

それでも自分の置かれた立場は、もう既に他の選択肢などないことだけははっきりしていた。

ガードナー家の暮らしは庶民と何ら変わらなかったが、それでも貴族的な心構えのような教育は父から受けていた。だから、ハルトは結婚というものが自分の自由意志だけで決められるとは思っていなかった。

そもそも父がそうだった。父が母と結婚する前、父の実家は殆どの資産を手放していて、誰かの援助がなければどうにもならないほど落ちぶれていた。

小金持ちの娘だった母が父に一目惚れして、母の実家が援助を申し出ることで婚姻話は進んだが、父はそれを自然に受け入れている。ガードナー家の長男として、それがベストな選択だったからだ。

そんな父を見て育ったハルトは、親の薦める相手と結婚することにそれほど大きな抵抗はなかった。恋人がいるわけでもないし、それどころか好きな相手すらいなかったのだから。

相手が男であれ女であれ、生理的に無理だと思う相手以外なら、時間をかけて愛情を育てていけるものだと思っている。

ハルト自身がそう思っているくらいだから、両親もナツキもこの婚姻話にハルトがさほど抵抗はないはずだと思っているのだろう。弟の身代わりというのは引っ掛かるかもしれないが、その程度のことだと。

しかし、ハルトにはそんな簡単なものではない。

ようやっとクレイグへの気持ちに折り合いがつけられかけていたというのに、もう一度この場に引きずり出されて、自分を選ばなかった相手と結婚しろと云われているのだ。

誰もそこまで考えてはくれない。ハルトがクレイグのことがずっと忘れられなかったことを誰も知らないのだから、仕方ないのだが。

そしてそのことは、今も云うわけにはいかない。

ハルトだけが、ナツキに振られたのであろうクレイグの気持ちと、選ばれなかった自分の気持ちを、どう折り合いをつければいいのかわからない。

そんな気持ちのまま、クレイグに再会する日が来た。

ハルトはクレイグに会う支度のために、ナツキのクローゼットを眺めていた。スーツを新しく作る時間もなく、ナツキのものを借りることにしたからだ。

ハルトが学校行事で着るスーツは大学の寮に置いたままだし、そうでなくてもスーツなど片手で数えるほどしか持っていないのだ。

ナツキのクローゼットの中には大量の服が置いてあって、中でもクレイグがプレゼントしたらしいスーツは、素晴らしい仕立てのものばかりだった。

一緒にスーツを選んでくれる母と、留学先での話をぽつぽつとしていたハルトだったが、ふと思いついたように聞いた。

「ナツキの恋人とはもう会った？」

「ええ。家に連れてきたわ。状況を無視すれば、とてもよい方よ。クレイグ様とは違うタイプのイケメン」

「なんの仕事してるの？」

「研修医ですって。お父様のご実家が大病院で、ご本人も将来は経営幹部になる予定とか。今も研修医としてのお給料はそこそこだけど、高校生のころから株を運用していて、利益もかなり出ているらしいの」

ナツキは自分が働くという発想がない上に、クレイグによってすっかり贅沢癖がついてしまったようで、それを維持できる相手じゃないといずれ綻《ほころ》びが出るだろう。昨今、アルファだからといって必ずしも裕福とは限らないのだ。

魂のつがいだか何だか知らないが、自分たちだけで盛り上がって後先顧《かえり》みずにつがいになったはいいが、相手にもナツキにも生活力がなかったら、そのケツを拭《ぬぐ》うのは自分にならないとも限らないので、相手が裕福でよかったと素直に思った。

「あ、これ。大学に入るときにお祖母様が贈ってくださったものよ。ナツキは入学式のときに着たきりじゃないかしら」

さすがに、クレイグがプレゼントした服を借りていくわけにはいかないだろうから、無難にその紺色のスーツを着ることにした。

「貴方には尻拭いをさせて申し訳ないと思ってるわ」

「母さんのせいじゃないよ。何とかうまく収束できるように頑張ってみるよ」

何をどう頑張るのかよくわからないまま、ハルトはそう云った。

たぶんクレイグは断わるだろうと、そんな予感がしていた。自分は断られるために会いに行くのだと、覚悟していた。

二年半ぶりにクレイグと会うことになって、ハルトには不安しかなかった。

こんな捻《ねじ》じれた関係になってしまって、彼はきっと自分にいい印象を持ってはいないだろうと思うのだ。

だから昨日はずっと眠れなかった。

ハルトにしてみても、ようやっと忘れかけられていたのになんで今になってという気持ちもあるが、それ以上にわざわざ断られに行くことが辛かった。

ただの形式なのだろうが、それを辛いと思うのは、結局のところまだクレイグに思いを残しているということなのだろう。

ハルトは重い気持ちで迎えの車に乗り込んだ。

外資系の五つ星ホテルのロータリーに車が止まると、スタッフが笑顔で出迎えた。

「ハルト・ガードナー様ですね。お待ち申し上げておりました」

ハルトは中庭に臨むカフェに案内されて、ＶＩＰゾーンに通された。辺りに他の客の姿はなく、貸し切りのようだった。

中庭は見事なバラが競うように咲いていて、ハルトはそれを眺めていた。

ふと、人の気配がして振り返る。

そこにだけ光が注いでいるかのようだ。濃紺のスーツですらキラキラ光って見える。

靴音を立てて、ハルトのテーブルに近づいてくる。

ハルトは暫くバカみたいに彼を見つめていた。

「待たせたかな」

もう一度聞きたいと思っていた彼の少し低めの声が、ハルトに届く。

はっとして、慌てて立ち上がった。

「ご、ご無沙汰しています」

クレイグはにこりともせずに、ハルトに着席を促す。

「どうぞ、座って。彼に何か飲み物を…。私はビールをいただこう」

ビール？　こんなときにビールなの？

ハルトは困惑しつつも、とりあえず炭酸入りのミネラルウォーターを頼んだ。

そのときに、彼の背後に堅そうなスーツを着た一人の男性が控えているのに気づいた。

「…ああ。彼は私の顧問弁護士だ」

ハルトの視線に気づいたらしく、クレイグが彼を紹介する。

弁護士…。

ハルトは小さくその弁護士に頭を下げた。彼はにこっと微笑んで、深く一礼した。

クレイグはよけいなことは何も云わずに、テーブルに着く。

そのなにげない仕種《しぐさ》が洗練されていて、ハルトは思わず見入ってしまう。

やっぱりカッコいい…。それがハルトの素直な感想だった。

が、すぐに現実に戻った。母からナツキのことを謝罪しておくよう云われていたのだ。

「あの…。このたびは弟が失礼なことを…」

云いかけたハルトの言葉を、クレイグは苦笑しながら遮《さえぎ》った。

「ああ、いい、いい。気にしてないから。きみが詫びることではないし、できれば今後はこのことは話題にしないでもらえるか」

母からしっかりと詫びておいてほしいと頼まれたのだが、そう云われると何も云えなくなってしまう。

「…し、失礼しました」

クレイグの表情からは彼の内心はまったく読めなかった。

「きみ、雰囲気変わったね」

細身のグラスに注がれたビールを飲むと、ふと彼はそう云った。

「は…？」

戸惑うハルトをじっと見る。

ハルトはドギマギしてきて、慌てて炭酸水を飲んだ。

「ふうん？」

クレイグは意味ありげな目で、微笑した。が、すぐにまたクールな目に変わる。

「ま、いい。それより、この話に関して私からの条件を話しておきたい」

条件？　条件って何だろう？　ハルトは思わず身構える。

「この婚姻は、双方にとってメリットが大きいと思っている。ガードナー家の復興は約束されたようなものだし、私のビジネスにもキャサリン様の後ろ盾は歓迎すべきことだ。とはいえ、お互い振り回されてうんざりという気持ちもあるだろう。そこで、この件を円滑に処理するために、いくつか提案したい」

ハルトはごくりと唾を飲む。

「公的な場に夫婦で出席することは大前提とするが、お互いのプライベートには口出しをしないということ。仕事も、恋人も、友人も」

「……」

「私の配偶者として一定の役割を果たしてくれれば、それ以外のことはきみの自由にしてもらってかまわない。煩《わずら》わしいことは最小限にして、この婚姻をうまく利用していくのが利口なやり方だとは思わないか？」

表情も変えずに、淡々と続けた。ハルトは思考が追い付かない。

「利用、ですか？」

「そう。多少面倒なこともあるが、それを受け入れることでより大きなものが約束される。悪い取引ではない」

これって、要するに契約条項みたいなやつではないか。結婚を契約と捉えて、ビジネスライクに対処して、お互いの利益を最優先に…。

「ガードナー家への支援はキャサリン様が考えておられるようだが、私にできることは遠慮なく申し出てもらいたい。加えてきみに対しても充分な援助は惜しまない。海外に居住したいのならその費用は持つし、勉強を続けたいなら学費も…」

「ぼ、僕は！　…援助など必要としてません」

ハルトはクレイグの言葉を遮るように云った。

「そうなの？　好きなことをして暮らせるチャンスなのに？」

「仕事を…。国の行政機関で仕事をしたいと思っています。留学したのもそのためです」

ハルトは贅沢が目的で彼との見合いを受けたわけではないことが云いたかったのだ。

「ほう。それは殊勝《しゅしょう》な…。それもキャサリン様の口添えがあれば、希望に適《かな》う仕事に就けるだろう」

「え？」

「もちろん、きみも充分に勉強してきたことだろうが」

「ま、待ってください。それは試験結果に手心を加えるということですか？」

ハルトはコネではなく実力で国家公務員になるつもりだったから、そんな特権はむしろバカにされたように感じてしまった。

「キャサリン様の後ろ盾のある人物を落とすわけにはいかないだろ？」

「そんな…」

「ただ仕事はシビアだから、最初のドアを開けてもらえるだけ。きみに能力がなければ責任のある仕事には就かせてはもらえない。きみが自分でそのドアを開けられる自信があるのなら、やるべきことは何も変わらない。そうは思わないか？」

自分の青臭い平等主義を一蹴《いっしゅう》されて、ハルトは思わず押し黙った。

特権階級の人間はスタートラインに立つことは比較的容易《たやす》いが、そこから先のフォローまでしてもらえるわけではない。無能であれば悪目立ちするだけだ。

「それよりも、問題はきみがこの婚姻を断った場合だろう」

鋭い目がふっと細められる。

「きみが援助を必要としなくても、きみの家は必要じゃないのかな？　伯父上の事業にも影響は出るだろう」

「……」

「大人しく呑んでおくことを勧めるよ」

クレイグは真顔でそう云った。彼自身もまたその影響を受けているということだろうか。

「キャサリン様の影響力を軽く見ない方がいい。きみの家もきみの就職も、そしてナツキも。厳しい立場に立たされるかもしれない。断るならそのくらいの覚悟が必要だ」

「……」

「お互い、賢く生きた方がいい。私はそれを受け入れるつもりでいる。その上で割り切った関係を構築するのが得策と考えた。きみの自由は最大限尊重する」

愛し合う者同士だけが結婚するわけじゃないことは、自分でも納得していた。しかしそれはたとえスタートはそうでも、自分の両親のようにお互い信頼を深めて、愛情ある家庭を作り上げていくということではないのだろうか。

クレイグの説明なら、それは形式上の夫婦という意味になる。そこに愛情など存在しない。自分はそれでいいのだろうか。ハルトは自分に問いかける。

公認の愛人がいたり別の家庭があったり？　そんなこと受け入れられる？

「すぐに答えを出すことはない。よく考えて返事を」

クレイグはそう云うと、弁護士に何か合図を送る。それを受けて、弁護士は静かに部屋を出ていった。

「傍《はた》から見れば贅沢で特別な待遇を受けられる立場なのは確かだが、そのことでの責任は常に付きまとう。理不尽や面倒なこともたくさんある。窮屈なこともある。きみがそれを受け入れられないというのならそれは仕方がないし、きみが断ることでの不利益はできるだけ最小限になるよう努力はしよう」

その言葉には誠実なものを感じたが、ハルトの躊躇《ためら》いはそういうことではなく、ただあまりにもビジネスライクすぎることに引っ掛かっているのだが、それを指摘すると自分が彼に愛情を求めていると受け止められてしまうと思って、何も云えなくなる。

「それにキャサリン様のことだから簡単に引き下がる方とは思えないが。ロックハート家の未婚の男は私だけではないし」

苦笑を浮かべると、何か企むような目でハルトを見る。

「うちの従兄弟たちをあてがわれるくらいなら、私にしておくことをお勧めする」

それまでのクールな表情からは一転して、思わせぶりな視線がハルトを射抜いた。

「きみに恥をかかせるようなことはないし、何より仕事ができる」

にやっと笑ってみせる。それだけでハルトの心臓はばくばくしてくる。

自分でもちょろいと思うが、ほんとにカッコいい…。

ここに来るまでにクレイグの経歴だけを確認したが、恵まれた境遇に甘えて贅沢な暮らしを満喫している王族では決してない。ロックハート財団を担う者として、更に発展させるために独自の会社も興《おこ》している。それらに必要な勉強に余念がないことが窺《うかが》えた。

こんな素敵な人と正式なカップルになれるなら、たとえ契約結婚でもいいんじゃないか。

それに自分が断ったら、彼は他の誰かと結婚しちゃうかもしれない。

それは…嫌、だ…。

「結婚はいろんな形がある。自分たちなりの形を見つければいいんじゃないか?」

碧の目でじっと見つめられて、ハルトは魅入られたように動けなくなった。

情緒《じょうちょ》が不安定で少し胸が苦しい、それでいて心が何かを期待してるような、どきどきする不思議な感覚。

彼から目が離せない。どうしよう…、変に思われる…。

何かが溢れ出てくる、そんな錯覚に陥りかけたときに、ドアが開いてワゴンを押したスタッフが入ってきた。

「失礼いたします」

ハルトの前に、お茶と細長い長方形のケーキを並べ出す。

「え、これは…」

「好きだと聞いたので、用意させた」

ハルトの大好きなオペラだった。その心遣いに、胸がきゅんとなる。

「ここのパティシエはダロワイヨで修業したこともあるそうだ」

優しい表情の彼に、身体が熱くなる。

留学してからこっち、こういう凝ったスイーツはずっと食べていない。授業についていくのに必死で、休日に友人たちと美味しいものを食べ歩きするとか、そういうことを考える余裕もなかったのだ。

「私は今日はこれで失礼させていただく。きみはゆっくりしていくといい」

すっと立ち上がってジャケットのボタンを留めた。そういう仕種のひとつひとつが洗練されていて、目を奪われてしまう。

二年半前のあのときと同じだ。この人の一挙手一投足が自分を魅了する。

無理矢理封じ込めてきたあの感情が、いきなり解放された。

ドアに向かうクレイグを見て、ハルトは慌てて立ち上がった。

「あ、あの…！」

クレイグの足が止まる。

「あ、ありがとうございます」

「え？」

クレイグは首を少し傾《かし》げた。いきなり礼を云われても意味がわからなくて当然だ。ハルトは焦ってテーブルのケーキを指さした。

「…ああ」

クレイグの目が優しそうに細められる。

「どういたしまして」

そう云ったクレイグは、チャーミングでカッコよくて…。

次の瞬間、ハルトは衝動的に口走っていた。

「ぼ、僕でよければ、よろしくお願いします」

深々と頭を下げる。

自分で云って自分で驚いてしまう。けど撤回する気もなかった。

クレイグも少し驚いたようだったが、すぐに穏やかな表情に戻った。

「…そう。それはよかった」

うっすらと微笑むと、ジャケットのポケットから名刺を取り出して、テーブルに置いた。

「これが連絡先。聞きたいことがあればいつでも遠慮なくどうぞ」

名刺入れをポケットに戻しながら云う。そして、控えている自分の弁護士をちらりと見た。

「詳しい話は弁護士から聞いてくれ。そちらの希望には最大限譲歩するつもりだ」

最後にそう云って、部屋を出ていった。

「…すぐに戻りますので」

弁護士はハルトに一言告げると、クレイグの後を追う。

一人残されたハルトは、ほっと息を吐くと脱力したように椅子に座った。

云っちゃった…。

よく考えてから返事しますと云うべきだったのかもしれない。けど、結論が他にないことを長引かせても仕方ないのだ。

それに…。また彼に会えるのだと思うと、嬉しい気持ちが徐々に広がってくる。

お茶を一口飲んで、オペラを口に運んだ。

「美味しい…」

これまで食べた中で一番だ。

オペラが好きだって、あまり人には云ったことはなかったのに、誰に聞いたんだろう。

そういうことも調査するのかな…、けどそんな嫌な気分じゃない。自分に興味を持ってくれたことが嬉しかった。

自分ももっとクレイグのことが知りたいな。

そんなことを考えていると、弁護士が戻ってきた。

「失礼いたしました。…お茶のおかわりは？」

「いえ。…ありがとうございます」

弁護士は眼鏡の奥でにこっと笑うと、ハルトの向かいに座った。

「ウイリアム法律事務所の、ケネス・ハーディです。よろしくお願いいたします」

名刺をハルトに差し出す。

「早速ですが、お話を進めさせていただいてもよろしいでしょうか？」

「あ、はい…」

「ハルト様の代理人と話をした方がいいようでしたら…」

「いえ、代理人はいません。…その代わり、会話を録音してもいいですか？　誤解があるといけないので」

ケネスは、ちらりと目を上げたが、すぐにっこりと微笑んでみせた。

「もちろんです」

「ありがとうございます」

ハルトはスマホを取り出すと、テーブルの上に置いた。

「では始めさせていただきます」

「よろしくお願いします」

ハルトは座ったままぺこりと頭を下げた。

「ハルト様が了承された件ですが、キャサリン様にはクレイグ様から直接報告されます。キャサリン様は今はフランスご滞在中で、両者のスケジュールが合えばすぐ…ということになるでしょう。その瞬間からご結婚に向けてすべてが動き出します」

受け入れたものの、具体的に云われると焦ってしまう。

「そ、そんなに急なんですか…」

「実は、クレイグ様とナツキ様の婚約解消はまだ発表されておりません。公式にはクレイグ様のお相手はガードナー家のご子息と発表されているだけなので、ハルト様がお受けされるなら訂正の必要はないというのがキャサリン様のお考えです」

婚約発表と云っても王室からではなく、ロックハート財団からの発表のことだ。クレイグは王族ではあるが、王位継承権もなく王室の人間とは区別されている。

ロックハートからの発表は短い記事だけで写真もない。婚約にあたっての会見は元より披露パーティすらなかった。それはナツキがまだ高校生だったことへの配慮だったのが、それが幸いした。

「つまり、お二人は既に婚約されている状態とみなし、基本的にはハルト様の卒業を待って結婚となります」

そういうことになるのか…。

しかし、王族きってのイケメンであるクレイグと、美少年のナツキとの婚約は一部の王室マニアの間ではそれなりに話題になっていて、二人のデート写真はインターネットで見ることもできる。それを今になって、しれっと弟を兄に入れ替えるとは…。

とはいえ、こんなことは今に始まったことではないのだろう。

「結婚に向けてと申し上げましたが、それは契約書の作成と役所への届け出のことを指しております。お式に関しては私は関与しておりませんので、直接クレイグ氏にお尋ねください」

お式…。更に現実味を帯びてくる。

「ご実家への支援等に関しては経理士と打ち合わせて、後日詳細をご説明することになります。

ご家族にも私からご説明にあがりますので、ご要望などございましたら、まとめておいていただけましたら幸いです」

「…はあ」

「卒業されたらすぐに帰国される予定ですか？」

「…今のところは」

「帰国されたらご実家に？」

「まだ何も…」

ケネスは頷きながら、タブレットを操作する。

「お住まいのことですが、クレイグ様がお祖父さまから譲り受けたお屋敷をちょうど改装中でございます。ハルト様のご卒業までには間に合うのではないかとは思いますが、別にフラットを用意させていただくこともできるかと…」

「え、あの…」

「一度、お屋敷を見にいらっしゃいますか。内装や家具のことなどでご希望があれば、お聞きすることもできます」

ハルトは頭がパンクしそうだった。

「急にいろいろ云われても、まだ何も…」

目を白黒させているハルトを見て、ケネスは思わず苦笑を漏らした。

「これは失礼いたしました。ひととおりご説明をと思いまして。お返事はすぐでなくてかまいません。まとめてメールさせていただきますので」

ケネスは申し訳なさそうに、説明を続ける。

ハルトは結婚に憧れがあるわけではなかったが、それでもお互いが協力して家庭を作り上げていくものではないかと思っていた。しかしどうやらかなり違うようだ。弁護士が間に入ってあれこれと取り決めておくものだったとは。

そういえば、アメリカの大金持ちは結婚に際して何十ページもあるような契約書を作成すると聞いたことがある。

それと比べればずっと簡略化されてはいたが、それでもハルトはすっかり困惑していた。


ハルトは再び大学の寮に戻ったが、早速ケネスが両親や伯父の元に出向いて、あれこれ要望を聞いて、具体的な支援を約束してくれたと、母から連絡を受けた。

『さっき、兄さんから連絡来たわ。難航していた融資の話がすんなり決まって、念願だった新工場の建設に乗り出すことができるって。本当に貴方に感謝してたわ。これがうまくいかなかったら、何人もリストラしないといけなくなるところだったって。改めて電話させてもらうけど、よろしく云っておいてくれって』

「そう、それはよかった」

『うちもね、ガードナーの本家のお屋敷に移れそうなの。お父様が子どものころに育ったお屋敷よ』

祖父は広い屋敷を維持できなくなって、ハルトが産まれる前には手放した。その祖父も数年前に他界している。

人手に渡った屋敷は今の家からは離れた土地にあって、父もそしてまだ健在の祖母もずっとその土地は訪れてはいないようだ。

『お父様は、一度もそこに帰りたいと口に出されたことはなかったけど、ずっと気にされていたみたい。幸い今の持ち主が大きな改装はせずに大切に使ってくださっていて、事情を聞いて譲ってくださることになったの』

おそらく、ケネスが充分すぎるほどの条件を出したせいだろうとハルトは思った。

『ハーディさんが家の動画を送ってくださったんだけど、昔と何も変わらないって、お父様泣いてらしたわ』

父が泣いたところなど見たことがない。母から何度も礼を云われて電話を切ったあとに、父からも電話があった。

『…ハルトは無理はしてないか』

父が気遣ってくれて、ハルトは泣きそうになってしまう。

「大丈夫。うまくやれると思います」

『…そうか。不安なことがあればいつでも相談しなさい。そのことでまた屋敷を手放すことになったとしても、おまえが気にすることではない』

「父さん…」

『おまえのおかげで、またあの屋敷に住める。それはとても嬉しい。けど、それがずっと続かなくてもいいんだ。おまえが私たちのためにしてくれたことこそが大事だ』

「……」

『おまえの幸せが何よりも大事だ』

「…うん。ありがとう」

『クレイグ様にはハルトからも充分に礼を云っておいてくれ。お忙しい方だからなかなか会える機会もなさそうだが、ゆっくりお話しできるのを楽しみにしていると』

ハルトは父との電話を切ると、すぐにクレイグにメールを送った。

『今両親から連絡を受けました。両親は元より、伯父も祖母も大変感謝しております。本当にありがとうございます』

　あれこれ考えてどれほど感謝しているかを書き連ねて、しかし饒舌《じょうぜつ》すぎる気がして消しては書いてを繰り返した結果、ありきたりな一文を送るのがやっとだった。

　翌日クレイグから来た返信も、そのありきたりな内容に似つかわしい『それはよかった。ご両親によろしく伝えてくれ』という素っ気ないものだった。

　それに再度お礼を送ったところで、クレイグとのメールの交換は途切れた。

　クレイグとの距離に不安を感じないわけでもなかったが、それでもまだ大学ですべきことも残っていたので、ハルトはそれに集中した。


　改装工事が終わったというクレイグの屋敷でハルトを出迎えたのは、ケネスだった。

「お待ちしておりました。クレイグ様に代わって私が案内させていただきます」

　王族の館《やかた》としてはそれほど広い方ではないが、それでも二人で暮らすには充分だった。

　外観は古い石造りのまま、しかし一歩入ると最新鋭の設備が施された機能的な内装で、それなりに贅沢でもある。ただ洗練されすぎていて、温かみはあまり感じられない。

　家具も高級だがきわめてシンプルなデザインでまとめられていて、おそらくそれがクレイグの趣味なのだろうと推測できる。

「こちらは家事担当のミセス・タナー。彼女はクレイグ様の実家でずっと働いてこられて、こちらでは新規に雇用予定の新人の指導的立場になってもらいます」

にこりともしない気難しそうな女性で、ハルトは緊張しながら挨拶する。

ミセス・タナーはハルトに丁寧に一礼すると、一階の自分たちの領域を案内した。

広い居間にダイニング、オーディオルームにゲストルームもあって、必要なものは何でも揃っていた。

「では、ハルト様のお部屋にご案内します」

ケネスについて二階に上がると、階段に一番近い部屋に案内された。

「ご要望どおりに家具を配置しておりますが、変更したいところがあれば何なりと」

プロのデザイナーがいくつかサンプル画像を送ってくれて、その中から選んだのだ。希望も聞かれたがよくわからないし特にこだわりもないので、配置もすべてプロに任せた。

大きな窓から陽が差し込んでいて、明るく広々とした書斎だ。

「隣りは寝室です」

寝室にはバスルームも備え付けられている。一階にも広い浴室はあるのに、贅沢だなと内心溜め息をついた。

充分なスペースのクローゼットで、自分の服を全部入れても一割も埋《う》まらないだろう。

バスルームには既にシャンプーやタオルなどの備品が揃っていて、すぐにでも生活できるよう準備されていた。

ここで暮らすのか…。にわかに現実味を帯びてくる。

ハルトがバスルームのドアを閉めると同時に、ケネスのケータイが鳴った。

「…お疲れさまでございます。はい、今ハルト様をご案内して…。はい……」

ハルトはどきりとした、電話の相手がクレイグではないかと思ったのだ。

「かしこまりました。では、そのように」

ハルトは電話を切ると、ハルトを見た。

「クレイグ様がこちらに向かっておられると。もうすぐ到着されるようです」

「え……」

クレイグは今日は来ないと聞いていたのだ。なので大学に行くようなラフな格好をしていたし、何より心の準備ができていなかった。

ホテルのカフェで会って以来、既にふた月近くたっていたが、あれからクレイグとは一度も会っていなかった。メールのやり取りも、あのお礼のみだ。

ハルトは論文の執筆で寝る時間をとるのがやっとで、その間に一度帰国して官僚の採用試験を受けてもいたので、あまりそのことを考えている余裕がなかった。

そういえば、あのお礼のやり取りのしばらく後に、もう一度メールはあった。『わからないことがあれば遠慮なくケネスに聞いてくれ』というものだ。それに対してハルトは『ありがとうございます。よろしくお願いします』と返信して、そこでまたやり取りは止まったままだ。

ハルトからメールすればよかったのかもしれないが、事務的なことはケネスが先に聞いてくれるので、何を話題にすればいいのかわからない。何度かメールしてみようかと試みたことはあったが、どうしても自然な文章が思い浮かばずに、それでやめてしまった。

クレイグの自分に対する関心のなさがはっきりとわかって寂しかったが、そういう現実を受け入れるつもりでいた。

それでも、彼に会えるとわかっただけで緊張してきてしまって、ケネスの説明も上《うわ》の空であまり頭に入ってこない。

部屋の窓からは庭越しにゲートまで見渡せて、外の景色を見ていたハルトはベントレーが到着するのに気づいた。

運転手がドアを開けると、クレイグが姿を表す。そして、ふとハルトがいる部屋を見上げた。

窓際に立つハルトは、クレイグと目が合った、と思った。

どきんと心臓が震える。

シックなスーツがとびきり似合っていて、ズボンのポケットに片方の手を突っ込んでいる姿がもうどうしようもなくカッコよくて、ハルトは胸がどきどきしてきた。

しかしクレイグは素っ気なく視線を外すと、ミセス・タナーに出迎えられて、ハルトの視界からは見えなくなった。

軽く失望しているハルトを、ケネスが急《せ》かす。

「クレイグ様がお見えです。階下に降りましょう」

「あ、はい……」

彼について階段を降りると、ちょうどクレイグが広間に入ってくるところだった。

「クレイグ様、お帰りなさいませ」

ケネスが小走りに階段を降りてクレイグに駆け寄る。

「今、ハルト様をご案内しておりました」

ハルトは慌てて頭を下げた。

「お、お邪魔しています」

「よく来られた。ここは気に入ったか？」

クレイグはにこりともせずに云う。そういえば、ホテルのカフェで会ったときもわりと素っ気なかったことを思い出す。

「は、はい…」

「それはよかった」

「あ、あの、改めて、実家のお屋敷のことと伯父の会社の融資のこと、お取り計らいありがとうございます」

ハルトは思い出して、慌てて云った。

「ああ。もう引っ越しはされたのか？」

「はい。祖母も一緒で、とても喜んでおります」

祖母との同居は母が強く勧めたことらしい。

「そうか、それはよかった」

やはり素っ気ない。

ケネスが二人を居間に誘導して、クレイグはハルトと並んで歩調を合わせた。

「それはそうと、採用試験の出来はなかなかのものだったと聞いている」

結果はまだハルトにも通知されていなかったが、結果がよかったと聞いて少しほっとした。

「そ、そうですか。よかったです」

「どこの行政機関を希望している？」

「…できれば教育庁を」

「教育庁？　なぜ？」

「…文化や教育は国の要ですから」

ハルトの返答に、クレイグの目が揶揄《やゆ》するかのように僅かに細められた。

「本気でそれを必要と考えるなら、きみが進むべきは教育庁とは限らない」

「え……」

「この国では教育庁の権限は弱い。よいアイディアが庁内から出てもなかなかそれを実現化できない。なぜか？」

「…予算の問題ですか」

クレイグはこの日初めて微笑んだ。

「そのとおり。この国で予算を掌握するのは財務庁だ。官僚として教育や文化を重んじたいのなら、財務庁の中で教育のための予算を配分する仕事に就くべきだと私は思うね」

なるほど、この人は現実主義者だ。理念を実現するために一番手っ取り早い方法を考えているのだ。

「とはいえ財務官僚は精鋭揃いだ。その中でやり合うのは簡単ではないが…」

居間に辿り着くと、ハルトに椅子を勧めた。

「教育庁の中で仕事がしたいのなら、それなりの役職に就いて教育庁に出向することもできるのではないか？」

「…希望どおりにいくかどうかはわかりませんし、時間もかかります。それよりも予算獲得を有利に進める方法を考えます」

ハルトは負けじと云い返した。甘いと云われるかもしれないが、教育や文化を支える仕事がしたかったのだ。

クレイグはじっとハルトを見ていたが、ふっと表情を和らげた。

「そうか。何にせよ、国の将来を思う気持ちは崇高なものだ。きみが仕事に邁進できる環境を作れるよう、できるだけ配慮しよう」

「…ありがとうございます」

クレイグはコーヒーをハルトに勧め、自分もゆっくりと飲んだ。

そして、少し改まった口調で云った。

「では先《ま》ず、私たちの入籍に関しての話をしておこうと思う」

「…はい」

「王族の場合は通常の窓口とは異なるが、立会人を伴って役所に提出することとなっている。その立会人はキャサリン様にお願いすることになるだろう。なので日程はキャサリン様の予定に合わせることになる」

ハルトは黙って頷いた。

「結婚式はきみが希望するならやればいいと思うが、そうでないなら特に必要というわけではない」

「…特に希望はしません」

母ががっかりするかもしれないが、ハルトはしなくていいとわかって安堵していた。

「そうか。それならばしない方向で…」

クレイグは淡々と話を進めていく。

「きみのご両親には以前に一度お会いさせてもらっているが…。折を見て、挨拶に伺うつもりでいる」

以前に会ったのはナツキとの婚約のときのことだろう。

「私の両親だが。既に離婚していてそれぞれが再婚している。母は海外生活のため私もこの二年ほどは会っていない。まあ父には近いうちに紹介できるだろう。報告はケネスから伝わっているはずだが、父は婚外子や再婚相手の連れ子を含めると子どもが多くて、成人した息子が結婚しようが何をしようが殆ど関心がないようだ」

「……」

「親族への紹介は財団主催のパーティのときでいいと思っている。そのときに出席しなかった者に対しては別の機会もあるだろう。うちはイベント好きが多いので私がわざわざ機会を作る必要もないだろう」

合理的なクレイグの考え方は、ハルトを少し安心させた。

「それはそれとして…」

クレイグがケネスに視線を向ける。すぐに、ハルトの前にスケジュール表のようなものが置かれた。

「きみには、講習を受けてもらいたい」

「…講習？」

ハルトはその用紙に視線を落とす。

「公式の行事に出席したり、それなりに格式の高いパーティに呼ばれることもある。それだけではなく、私が主催することもある。社交は重要な仕事のひとつだ。そのときに、きみにも出席してもらわないといけなくなる」

それは、所謂《いわゆる》マナー講習といったようなプログラムだった。

「面倒くさい、伝統的な特別なしきたりみたいなものが必要なこともあるので、もしものときに気まずい思いをせずに済むだろうから…」

プログラムには、一般的なテーブルマナーから、格式が高いディナーでのマナー、ガーデンパーティ、招待する側、される側…。それにダンスまで。

これはもしかして、花嫁修業的な…。

「ナツキもこれを？」

思わず聞いてしまった。

クレイグの眉が僅かに上がった。が、すぐに素っ気なく肩を竦めてみせた。

「いや。彼は華があってハッタリがきくから、特に必要ないと思った。独特の空気があるから多少の綻びは許されるところがある。むしろその方が自然で、アルファには受けがいい」

クレイグの言葉にはナツキへの愛情が見て取れて、ハルトは自分でも予想しなかったほどの嫉妬に、ずきっとした痛みが走った。

「彼自身も、そんなふうに演じてみせることを楽しんでいたようなところがあった」

「…そうですか」

「きみとはタイプが違うね。というか、ナツキのような子が珍しいのか」

ハルトはまた、あのときのような笑顔を貼り付けた。ナツキと母が楽しそうにクレイグとのことを話していたのを聞かなければならなかったときの、あの笑顔を。

「彼は観察眼が優れているのか、私から見ても付け焼刃のようには見えず、うまく周囲に合わせていつも堂々としていたものだ」

「そうでしたか…」

「まあ誰もが彼のようにやれるわけではないしな。しかし双子でもこうも違うとはな」

そりゃ二卵性なので、ＤＮＡも違う。違ってて当たり前なのに、そういう云い方をされるとは…。

「きみは自分に自信がなさそうに見える。どこかおどおどして見えるのは、直した方がいい。だからこそ講習は意味があるだろう。きちんと習っておけば、不安になるようなことはないだろうから」

その言葉はハルトにはショックだった。これまでそんなふうに云われたことはない。地味で大人しいとは云われてきたが、おどおどしているとか自信がなさそうとか…。そんなこと…。

そこまで考えてハルトははっとした。もしかして、クレイグの前では緊張していつものように振る舞えていないせいで、誤解されているのかもと思い当たったのだ。

「一流の講師に依頼してあるので、安心して任せればいい」

なんだか、すごく…嫌な感じだ。見下されているように感じてしまう。

「私はあまりここには顔は出せないが、気にせず好きなように使ってくれ」

少し引っ掛かったが、ハルトは小さく頷いた。海外での仕事が多いと聞いているので、そのせいなんだろうと思ったのだ。

そしてクレイグは云いたいことだけ云うと、さっさと仕事に戻ると出ていってしまった。

ナツキとは、見合いの後にすぐにデートに出かけたりしていたことを知っているだけに、自分が蔑《ないがし》ろにされているのは明白だった。

おどおどして彼の配偶者としての振る舞いができない自分とは、一緒に出かけるつもりはないという意思表明なのかもしれない。そう思うとすごくショックで、居たたまれない気持ちになってしまう。

考えてみれば、キャサリンの推薦とはいえ、今ではすっかり落ち目のガードナー家と縁続きになることに彼が不満を持つのは当たり前かもしれない。それでもナツキのように誰もが認めるほどの美形ならともかく、地味でおどおどした自分では計算違いもいいところだと思っているのかもしれない。

それはとてもショックで、そして悔しいことだった。

「そりゃ、望まれてるわけじゃないのはわかってたけど…」

自分も同じように不満があるならお互いさまだが、ハルトにとってクレイグはケチのつけようのない相手だ。

せめて、ナツキのように堂々と振る舞えるようにしたいと強く思った。

既に卒業論文は完成していて、インターンシップに合わせて帰国するつもりだったが、クレイグから出された宿題を早く片付けたくて、帰国を早めて屋敷に越してくることにした。

日中はインターン実習で、帰宅後に講習のプログラムをこなす日々が続いた。

使用人と暮らすというのは初めてだったので、少し不安はあったが、ハルトはそんな生活にもすぐ慣れることができた。

使用人とは云っても、ハルトが何かしらの指示をすることはない。それはミセス・タナーの仕事で、ハルトにしてみれば大学の寮で共同スペースを掃除したり食事の支度をするスタッフとあまり変わらない。

彼らは住み込みではないので、基本的には夕食の片付けが終わると帰宅する。数人でローテーションを組んで回していて、そのシフトを組むのも当然ミセス・タナーの仕事だ。

ハルトの講習がある日は講師が帰るまでは誰かが残っているが、その後は大きな屋敷の中はハルト一人になる。そのときが静かすぎて少し不安になることもあるが、たいていは忙しくてそれを気にする余裕はあまりなかった。

食事は毎食栄養バランスを考えた手の込んだ献立ばかりで、寮の食事でも特に不満はなかったハルトだが、それとは比較にならないレベルで、毎食が凝っていて美味しくて、それだけでこの屋敷に来たことに感謝してしまうほどだ。

マナープログラムの講師は複数いたが、既に講師の一人はハルトに教えることは何もないと断言して、早々にプログラムを切り上げた。

それもそのはずで、ハルトのテーブルマナーは父ゆずりで、どこも直すべきところがなかったのだ。

また、それ以外の講師たちもハルトの習得のスピードを絶賛した。

それはハルトが習ったことをその日のうちに復習して、次の授業までに完璧な状態に仕上げるようにしていたからだ。

何でもすぐにこなしてしまうナツキと違って、ハルトは不器用というほどではないものの決して器用とは云えなかった。が、地道に練習を繰り返して、いつのまにかナツキよりうまくこなすようになっていくことが常だった。ナツキはすぐにできる分飽きっぽくて、せっかくできたことをブラッシュアップする根気強さに欠けていたのだ。

ハルトの努力は確実に成果に現れていて、最初は彼に対してやや冷淡だったミセス・タナーの態度も徐々に軟化しつつある。

生まれついての気品はともかくとして、品のある動作や立ち居振る舞いは身に付けることはできる。そのために映像も参考にした。

鏡の前で笑い方を研究するのは、どこかバカらしくもあったが、仕事の一環だと思って真面目に取り組んだ。

そうしたハルトの真面目さは、講師だけでなくそれを見守ってきた使用人たちの信頼を得る効果もあったようだ。

屋敷はハルトにとって居心地のよいものになっていったが、肝心のクレイグがずっと不在のままだ。

よほど仕事が忙しいのか、ハルトに関心がないせいなのか。

一人きりの夜に、ふとクレイグの声を聴きたくなったりすることもある。こんな日がずっと続くのだろうか。そんな不安が少しずつ強くなっていった。


朝から身体がだるくて、ピルを飲んだあとに検査をしてみたところ、発情期前期間であることがわかった。

発情期の周期は人によって違うし、体調や環境でわりと頻繁にずれる。しかもピルを続けていると、いつから発情期なのかを把握しづらく、不調が発情期のせいなのか別の要因なのかを知るために試薬に頼ることがあるのだ。

ピンを指にさして滲《にじ》んだ血液を試薬に当てるだけの簡易な検査で、発情期圏外、発情期前、発情期という大雑把な判定で、圏外と前期間はグラデーションになる。

ハルトは前期間であったので、不調はおそらくそのためだろうと、予《あらかじ》め主治医からもらっていた薬を飲んだ。

「ハルト様、入籍のお手続きの日が決まりました」

朝食のために食堂に降りると、ミセス・タナーからそう告げられた。

不調どうのが消し飛ぶほどの衝撃だった。

「一週間後でございます」

「え、一週間？」

急すぎて、ハルトは思わず聞き返してしまう。

早くてもハルトが入庁してからだろうと聞いていたのだ。

「キャサリン様のご予定が急に空いたようです。クレイグ様もお仕事をキャンセルして対応されるようです」

「…そうですか」

「クレイグ様から、当日までに準備を済ませておくようにとのことでございます」

準備ってなんだろう？　クレイグからはこの屋敷に来てからずっと何の連絡もない。ケネスやミセス・タナーを挟んでのやり取りがこれからもずっと続くのかな…などと考えて、内心溜め息をついてしまう。

そしてその準備は、ハルトの帰宅後から早速始まった。

マナープログラムはキャンセルとなって、髪のカットから、眉や爪の手入れもされてしまったのだ。

「この方がずっといいです。綺麗なお顔立ちなのに、額を隠されていてもったいないなあと思ってたんです」

担当のヘアアーティストが、そう云って誉める。

「眉は印象を決めるので、このくらいくっきりさせておいてよろしいかと」

鏡に映る自分を見て、ハルトは不思議な気持ちになった。髪と眉を整えただけで、こんなにも印象が変わるのかと思って。

そういえばナツキは中学生のころから、髪や眉のセットに熱心だった。女子じゃないんだからと呆れて見ていたが、今自分も同じ扱いを受けている。あのころよりはハルトも柔軟な考え方になっていて、見た目もそれなりに重要だと思うようにはなっていた。なので、大人しくされるがままになっていた。

翌日には、ハルトのスーツが届いた。

この屋敷に引っ越してすぐに採寸をして、その後に仮縫いも済ませていた。それが生地違いで数着納品されたのには驚いた。

ブラックフォーマルから淡い色のスーツまで、シャツと合わせて何着も着替えて写真を撮ることになった。

「すごく着心地がいい…」

「シャツも職人の手縫いですから」

ミセス・タナーの説明に、ハルトは思わず溜め息を漏らす。

そして、スーツを着てみて更に驚いた。スーツを着慣れていないハルトでも、殆どストレスを感じない。オーソドックスで堅苦しそうにも見えるのに、どこも締め付けられるようなことがないのだ。

「こんなスーツ、初めてです…」

セミオーダーのスーツを一着だけ持っていたが、それでもこれは全然違う。こういうのが本当の贅沢というのだろうと思う。

そしてクレイグは、それを知っている人なのだ。

その後もフェイスマッサージから、あやしげなインド式マッサージなんかを毎日受けることになって、隅々まで磨き立てられた。全身脱毛を提案されたときは全力で拒否したが、それ以外は大人しく受け入れた。

これがブライダルエステというやつなのかもしれない。式があるわけでもないのにやりすぎじゃないかとも思ったが、概《おおむ》ね気持ちよかったので黙って身を委ねていた。

そして、当日は出発の何時間も前から大忙しだった。

再度髪や眉を整えられて、顔にはクリームを塗りたくられて、蒸しタオルでほこほこにされる。文句を云っても仕方ないので、ハルトは俎板《まないた》の鯉《こい》状態を甘んじて受け入れた。

「ハルト様、起きてください！」

マッサージが気持ちよくてつい眠ってしまったのを、起こされてしまう。

「睡眠はたっぷりとってくださいとお願いしたのに…」

そんなことを云われても、この行事で予定が変更されてしまって、入庁までに準備しておきたかったことの下調べの時間にしわ寄せがきている。どうせ出かけるのは昼を過ぎてからだと思って、明け方まで資料を読み込んでいたのだ。

「でもお若いからマッサージで復活できたじゃないですか」

もう一人の美容師がフォローしてくれる。

「…せっかくのきめ細かいお肌なんですから、大事になさってくださいね」

ようやく解放されたと思ったら、ミセス・タナーが現れた。

「衣装はこちらに…」

当日になって支度を始めると、ベージュローゼの淡い上品なスーツが用意されていて、ハルトは少し戸惑った。

たくさん着替えたけど、きっとブラックフォーマルに落ち着くだろうと思っていたのだ。

「クレイグ様が、この組み合わせが一番お似合いのようだからと」

「クレイグが？」

「スタイリストと相談して決められたようです」

そのための写真撮影だったのか。なんだか少し気恥ずかしい。

いやそれにしてもローズ系は…と、渋るハルトをよそに、ミセス・タナーは彼にシャツを差し出す。

「え、これですか…」

スーツよりも少し淡いベージュローゼのドレスシャツは、襟元と袖口にレースがあしらわれていて、ハルトはさすがに躊躇した。

「ハルト様は華奢《きゃしゃ》なので、こういうデザインがお似合いになるだろうと仰って」

「……」

そりゃ、ナツキなら似合いそうだけど…。

しかし今更逆らったところでどうなるものでもないので、大人しく着替えた。

「まあ、可愛らしい」

美容師たちが目を細める。

「とてもよくお似合いですわ」

クロスタイを首にかけているハルトを見て、ミセス・タナーが微笑んだ。

「お留めしましょう」

タイを留めてもらってジャケットを着ると、ハルトは鏡の前に出た。

あれ…、意外に悪くない、かも…。

背筋をしゃんと伸ばして、僅かに顎《あご》を逸らしてみる。

短めの丈のジャケットは彼をスタイリッシュに見せていて、尚且《か》つ上品でもある。これが馬《ま》子《ご》にも衣裳というやつかもしれない。

「さすがクレイグ様のお見立てです。とても素敵でいらっしゃる」

ミセス・タナーはハルトの全身をチェックすると、もう一度誉めた。

「えーと、あの…ありがとうございます」

スタッフたちに向かって、ハルトは一礼した。

「綺麗にしていただいて…?」

云ってから、少しおかしなことを云ったような気がして、照れ隠しのように笑ってしまう。

「ミセス・タナーも、毎日いろいろ教えてくださってありがとうございます。これからもよろしくお願いします」

これまでは居候《いそうろう》のような感覚だったが、入籍したらもうそんな気分ではダメなのだ。

「ハルト様…」

ミセス・タナーが何か云おうとして、しかしその前にクレイグの帰宅が告げられた。

ハルトは途端に緊張してくる。

「ハルト様はこちらでお待ちください」

そう云い置いて、ミセス・タナーは急いで部屋を出ていった。

他のスタッフたちも廊下に出る。

一人取り残されたハルトは、もう一度鏡を覗き込んで、よしと小さく自分に声をかけた。

ゆっくりと呼吸を吐いて、肩の力を抜く。

間もなく、カツカツと靴音が近づいてきた。

「何か、飲み物を持ってきてくれ。そうだな、炭酸水がいい。よく冷えた…」

クレイグの声が聞こえてくる。

ミセス・タナーによってドアが開けられて、クレイグが入ってきた。

「支度はできてるか？」

超正統派ブラックフォーマルが、長身で足が長く適度な筋肉のついたクレイグをこれ以上ないくらいに引き立てていて、それはもう非の打ち所がないくらい完璧だった。

ハルトはそんなクレイグを見るなり、心を鷲掴《わしづか》みにされた。

「ほう、これは可愛らしい」

そう云うと、クレイグは僅かに目を細める。

そんなふうに見られて、ハルトは真っ赤になった。

「やっぱりこの色にして正解だったな」

振り返ってミセス・タナーを見る。

「…はい。お二人のバランスもとてもよろしいかと」

クレイグは頷くと、スタッフから炭酸水の入ったグラスを受け取った。

「きみも？」

聞かれて、ハルトは慌てて頷く。さっきから喉はカラカラだ。

クレイグは自分のグラスをハルトに差し出して、再度スタッフからグラスを受け取る。

「あ、ありがとうございます」

ぎこちなくお礼を云って受け取ってから、まだ挨拶ひとつしていないことに気づく。

「あの、…今日はよろしくお願いいたします」

グラスを持ったまま、頭を下げる。これではマナー講習の成果はゼロだ。

「…こちらこそ」

クレイグは苦笑交じりに返すと、グラスを空けた。

「では出かけるか。今日はワイド公園の南西の道路が工事中で渋滞しているようだ。早めに出ておくのがいいだろう」

ハルトはまだ水を飲んでもいなかったが、慌ててグラスを置く。

「私は一本電話を入れておきたいので、先に乗っていてくれ」

「…はい」

緊張しまくっておろおろしている自分に、クレイグはきっと呆れてるに違いないとハルトは更に焦る。

「…水を飲んでからでかまわない」

素っ気なく云って、さっさと部屋を出ていった。

何やってんだ、落ち着け落ち着け。

ハルトはもう一度グラスをとると水を一口含んだ。口の中で炭酸がしゅわっと弾ける。

急いで手洗いを済ませて、鏡を見た。

しっかりしろ。せめてクレイグに恥をかかせないように。

玄関を出ると、ぴかぴかに磨き立てられたベントレーが待っていた。

ハルトに気づいた運転手がすぐに降りてきて、ドアを開けてくれる。

「ありがとうございます」

車内は広々としていて、クレイグのノートパソコンやタブレットが置きっぱなしになっている。きっとここに来るまでにも仕事をしていたのだろう。

反対側の隅に座って、小さく深呼吸をした。

暫くするとクレイグが乗り込んできて、またハルトの胸の鼓動が速くなる。

「待たせたな」

使用人たちがずらりとお見送りに整列している。

いつものお屋敷が、違うものに見えてくる。

車は静かに動き出して、通りに出た。

「屋敷での暮らしはどうだ？」

「…か、快適です。とても。ご飯も美味しいし…」

クレイグはちらりとハルトを見ると、ふっと小さく微笑した。

「そう。それはよかった。何か足りないものがあれば何でも云うといい」

「…ありがとうございます。でも今でも充分すぎるほどです」

「役所勤めが本格的に始まったら、ビジネススーツも必要になるだろう。早めに作っておくといい」

「そ、そんな上等なものじゃなくても…」

「生地をリーズナブルにすればいい。むしろビジネススーツこそ、いい仕立てのものにするべきだ。型崩れもしないいし、着ていて楽だし、何より見た目がいい。上の立場の人との打ち合わせが急に入っても安心だ」

クレイグの言葉には説得力があった。

「それに、我々はこうした高級品専門の工房の技術を守るためにも、敢《あ》えてオーダーを選ぶ必要がある」

それはハルトには目から鱗《うろこ》だった。

「今日の私たちのスーツは家族経営の小さい工房で仕立てたもので、元はハリー家のお抱えの職人として外部の仕事はしていなかった。それが今の当主になってから折り合いが悪く、とうとうハリー家との取引をやめてしまった」

ハリー家当主の評判はハルトも聞いていた。一言で云えば暴君。滅多《めった》に人の悪口を云わないハルトの父ですら、この当主に対してだけは辛辣《しんらつ》だった。きっとその工房の主も耐えかねてのことだろうと思った。

「しかし新規開拓も思うようにいかず、主人は工房を畳むつもりだったようだ。それを何とかしようと息子たちがロックハートの投資枠に募集してきた。ハリー家に対しては思うところのあった叔父が話を聞くことにして、試しに一着作らせてみた。その技術の高さに驚いて、すぐに希望するだけの資金を用意させたようだ」

最近では、ロックハート家が代々使っている工房と技術提携をして、互いに技術を高め合って、海外ＶＩＰからの受注も増やしつつあるという。

若い職人も増えてきていて、ロックハートとしてはこれを外貨獲得への弾みと位置付けているようだ。

「どうしても着たいブランドがあるなら仕方ないが…」

「そ、そんなものはありません」

「では何着か作っておくといい」

「…はい」

ただの贅沢ではないのだとハルトは理解した。自分たちが注文することで産業を守るのも王族の役割なのだ。

そんな話をしているうちに、車は渋滞を避けて迂回《うかい》路をとった後に、王宮の敷地に入っていく。広い王宮広場は市民の憩《いこ》いの場だが、その奥は許可のない車は侵入できない。

運転手が提示した許可書を守衛がチェックしているあいだに、警備員が探知機を使って車を調べる。

更に奥に進んで門の前に車は止まり、待っていた王宮の職員が車のドアを開けてくれた。

「どうぞこちらへ」

歴史の重みを感じるような荘厳《そうごん》な門構えで、ハルトは思わず目を見張った。

「単なる役所の出張所だ。そう硬くならずに、私に任せておけばいい」

いつのまにか自分の隣りに来たクレイグはそっと囁《ささや》くと、ハルトの手を取った。

それだけのことで、ハルトから不安がすっと消えた。

小さく頷いて、視線をまっすぐに上げる。肩の力を抜いてゆっくりと歩く。

門を抜けると、あのときに会ったキャサリンの執事が彼らを待ち受けていた。

「今日はよろしく頼む」

クレイグがそう云うと、執事は黙って深く一礼した。

二人は案内された控えの間で、暫くキャサリンを待った。

クレイグは特に何も話さなかったが、ハルトは不思議と落ち着いていた。どう振る舞えばいいのかわかっていたし、クレイグが云ったとおり彼に任せればいいのだ。

ほどなくして、執事が二人を呼びに来た。

彼に付いて奥の部屋に入ると、キャサリンが二人を迎えた。

「ご成婚、おめでとう」

「ありがとうございます。本日はお忙しい中、私たちのためにありがとうございます」

クレイグの優雅で洗練された所作にハルトは目を奪われた。そして、自分も彼に恥じないようにと、優雅にキャサリンに挨拶をした。

ハルトの初々《ういうい》しさの混じる上品な振る舞いに、キャサリンも思わず目を細める。

「貴方たちの縁を取り持つ役目が全《まっと》うできて、とても幸せよ。この結びつきはロックハートの将来をより輝かしいものにするでしょう」

キャサリンの表情には希望と安堵が見て取れた。

「貴方たちを先祖が守ってくれることでしょう」

慈愛に満ちた目でそう云われた。

二人が署名をして、立会人としてキャサリンも署名をする。

「つつがなく受理いたしました」

最後に役人が署名をして、二人の婚姻は認められた。

「今日はお祝いさせてね。久しぶりに私が指示をしたのよ」

「それは楽しみです。こんな光栄なことは滅多にありませんから」

キャサリンとクレイグの会話に、ハルトはぎくりとした。

それぞれの車に乗り込むと、ハルトは恐る恐るクレイグに聞いた。

「あの、キャサリン様の指示とは…」

クレイグはちらとハルトに視線を向けた。

「…ディナーに招待されたようだ」

「え…！」

ハルトは入籍の手続きだけだと聞かされていたのだ。

「て、手続きだけだと…」

非難がましい目に、クレイグはひょいと肩を竦めてみせる。

「だって、きみにディナーのことを云ったらもっと緊張しただろ？」

「それは…そうですが……」

「どっちにしろ断れないんだから、いっそ講習の成果発表の場と思えばいい」

それは確かにそうだ。

「きみは食べるのに専念していればいい。キャサリン様の話は充分聞く価値があるし、きみの仕事に関係のある話題も出るだろう。きみに話を振られたら、私がフォローするよ。安心して料理を楽しめばいい」

「…わかりました」

ハルトは観念してテーブルに着いたが、そこは驚くほど居心地のいい場所だった。キャサリンの話題が豊富で飽きさせないことと、彼女のスタッフたちが作る客人をリラックスさせる完璧な接客のおかげだった。

キャサリンの豊富な話題に、クレイグも淀《よど》みなく受け応えするのを、ハルトは感心して聞いていた。

「ところ、貴方たちには私の仕事をいくつか引き継いでもらうことになるのだけど、特にeクラブは来月の会議で、名誉総裁を貴方たちに引き継ぐことで挨拶をしたいの。スケジュール空けてもらえるかしら」

eクラブは国内最大規模の環境保護団体だ。eクラブのeは地球のことだろう。設立が古いとはいえ、ちょっとダサいなとハルトは前から思っていた。

「…せっかくですが、eクラブの名誉総裁は遠慮させてもらいたいですね。もっと適任がいるでしょう」

「あら、ご不満？」

「eクラブも創設当時はよい仕事をしていましたが、昨今はおかしな論調が目立ちます。子どもっぽい正義感でエネルギー問題を語る人たちには辟易《へきえき》しているので」

「ま、辛口ね」

「我が国は電力を他国に依存しているあやうい立場です。自然派だか何だか知りませんが、貧困問題に真摯に取り組む気もないくせにエネルギー問題に首突っ込むようなのは、金持ちの悪趣味な遊びでしょう。私はそういう団体とは距離を置いた方がいいと思っています」

ハルトもeクラブの記事は読んでいた。eクラブに限らず、環境問題に於《お》いて科学的根拠よりも感情論が中心になることが少なくないことはずっと気になっている。

「eクラブはセレブリティの会員も多く、その存在は軽視できないものとなっているのよ。手を切るのは得策ではないわ」

「でしたら、そういうのはカリーナ夫人にでも任せればよろしいのでは？」

関わり合いになりたくないといったクレイグを、キャサリンは流し見る。

「彼女には無理よ」

びしりと返した。

「彼女は幹部と同調してお遊びの延長に精を出すだけ」

キャサリンはワインを飲むと、ふと黙って聞いているハルトに話を向けた。

「ハルトはどう考えているのかしら？　貴方の意見を聞きたいわ」

「キャサリン様…」

「これは貴方たち二人に引き継いでもらうものよ。興味がないなら持ってほしいし、知らないなら学んでほしいの」

クレイグは苦笑して、ハルトを促す。

ハルトは慌てて水を飲むと、背筋をしゃんとした。

「環境保護は大事なことですが、闇雲《やみくも》に脱炭素を呼びかけることに違和感を持っています。彼らがやり玉にあげる某国の石炭火力ですが、実際はその技術は高く、高効率化や低炭素化を実現していて、それは今後発展途上国の電力問題にも貢献します。そうした視点がない環境保護運動は、貧困問題を無視しているのではないかと…」

二人の目が興味深げにハルトに注がれる。

「自然エネルギーはどうかしら？　発展途上国には打ってつけじゃない？」

「人口の少ない地域ならいざ知らず、安定供給を考えるなら補助的役割に留めるべきかと。蓄電技術が進まない限りは自然エネルギーを主力に持ってくるのは危険です。電力不足は人の命を脅かします」

「自然災害の多い地域では、太陽光や風力発電は自然破壊にも繋がるとか、eクラブは考えたこともないのかもね」

クレイグは皮肉を云って、ワインを飲んだ。

「それでは今、環境保護団体がすべきことは何かしら?」

キャサリンの問いかけに、ハルトは少し考えてみる。

「…もっと科学的に解決する視点を得ること、でしょうか」

「具体的に何かあるかしら」

「具体的にですか…」

ハルトが考え込んでいると、クレイグが横から口を挟む。

「底の浅い提言とか全部やめて、集金活動に精を出して、小さい保護団体を支援する運営だけやっていろと」

「それはちょっと乱暴すぎない?」

「国内だけでも、小規模でひとつの目的に特化した保護団体はたくさんあります。そういうところは、イデオロギーに左右されることなく自分たちが守ると決めた動植物を保護する名目だけで活動していて、あれこれ手を出して理想論を振りまくよりもよほど健全です。eクラブはそういう団体に資金提供をしていくべきです。過激な行動をする活動家たちに資金を出してる場合じゃない。活動内容に口を出さず、しかし運営の中身はきちんと調査をして審査する。それだけでいいんですよ」

ハルトはクレイグの言葉にうんうんと頷いた。

それを見ていたキャサリンがにっこりと微笑む。

「賛成だわ。是非《ぜひ》そうしてちょうだい」

クレイグは思わず嫌な顔をした。

「キャサリン様…」

「貴方なら、きっと彼らをうまく誘導できるんじゃないかと思うの」

「彼らが聞く耳持つでしょうか」

「幹部の一部が過激な路線に走ろうとしてるけど、それに難色を示してる人もいるわ」

「……」

「ハルトがいい補佐役になってくれるでしょう」

「ぼ、僕ですか？」

「ええ。基礎の知識がきちんとしているから安心だわ」

その言葉に、クレイグはハルトを見て苦笑した。

「わかりました。何とかしましょう」

「よかった。ハルトは役所のお仕事と上手にバランスをとってくださいね」

「…はい。頑張ります」

クレイグの手伝いができることで、ハルトは気分が高揚していた。

キャサリンが名誉代表やら名誉総裁やらを務める団体は両手ではとても足りないくらいあって、クレイグはそのうちのいくつかを引き継ぐことになった。

「キャサリン様には逆らえないな」

帰り道の車の中で、クレイグは苦笑しながら云った。

「…あの、僕、調べるの嫌いじゃないので資料を集めます」

やる気に満ちていたハルトの申し出を、しかしクレイグはあっさりと断った。

「いや、そういうのは秘書にやらせる。協力してくれそうな専門家も探してもらおう」

「あ…そうですか」

ハルトは、それとわかるほどがっくりと肩を落とす。

それを見てクレイグはおもしろそうに微笑む。

「きみは自分の仕事もあるだろう。そこまで頑張らなくてもいい」

「…はい」

「資料といっても、科学論文ともなれば解説が必要になることもある。そういう手配は秘書がやってくれる。きみも今後は必要に応じて、私の秘書に依頼するといい。何でも自分でやろうとしたら寝る時間がなくなるし、本業にも差し支える。まあ気楽にやることだ」

その口調は思いの外《ほか》優しかった。

「キャサリン様も補佐役と云われていたし、きみには期待されているようだ。実際、私もきみのことは見直した。前に失礼なことを云ったと反省してるくらいだ」

「そ、そんなことは…」

「だから、きみにはきみにしかできない仕事をしてもらいたい。資料を読む必要はあっても、それを揃えるのは他の者に任せる。一人で全部はできないからブレインを巧《うま》く使うんだ」

「…はい」

「この世界では社交は重要な仕事だ。ロックハートが財団として成功しているのは、経営手腕に長けているからでは必ずしもない。王族をパーティに呼んだり、または王族のパーティに呼ばれたり、そういうことに価値を見出す資産家たちがいることが大きいせいだ」

こういう発言に、クレイグの現実主義が垣間見える。自分や身内を過大評価しないのだ。

「今日みたいに振る舞えば何の問題もない。私がフォローする必要もないくらいだ」

そんなふうに云われて、ハルトは気持ちがふわふわしてくる。

外はもうすっかり暗くて、車は閑静な住宅街を抜けて彼らの邸宅に着いた。

使用人たちは皆帰ったあとで、屋敷はひっそりとしていた。

「今日はもう上がってくれ」

クレイグが運転手にそう告げる。

ハルトはどきっとした。それはつまり、クレイグは今夜この屋敷に留まるということではないのか。

クレイグはそんなハルトを伴って玄関の扉を解除した。

「わっ」

ハルトは思わず声を上げてしまった。

一階のホールに蝋燭《ろうそく》の灯りが一斉に灯ったからだ。蝋燭とは云っても実際の火ではなく蝋燭に見える照明だが。

屋敷を出たときはなかった豪華な花が飾られていて、天井から花びらが散るような効果の照明で二人を迎える。しかもウエディングマーチまで流れ出した。

「…ケネスのアイディアかな」

クレイグが苦笑して、振り返る。

運転手にもこの趣向は知らされていたらしく、彼はうやうやしく一礼して、彼らが屋敷に入っていくのを見守った。

ハルトは呆気にとられたように、天井を見上げている。

「なるほどね」

軽く頷くと、クレイグはいきなりハルトを抱き上げた。

「わ、な、にを……！」

「こういうことだろ？」

クレイグはハルトを姫抱きにしてホールを横切ると、居間に向かった。

居間のテーブルには、シャンパンクーラーとグラスが用意されている。

クレイグはすとんとハルトをソファに下ろすと、クーラーからボトルを取り出した。

「…祖父が持っているフランスのメゾンのものだ。小さいメゾンで市販はしていない。専《もっぱ》ら王室用だ」

クレイグはそう云いながら、器用に栓を抜くと、優雅にグラスに注いだ。

「何に乾杯する？」

挑発するようにハルトを見ながらグラスを渡す。

「え…。け、健康に…？」

クレイグは思わず笑った。

「いや、失礼。大事なことだな」

笑われて、ハルトは真っ赤になった。

「では、お互いの健康を祈って」

クレイグは自分のグラスをかちりとハルトのグラスに合わせた。

キメの細かい泡が、グラスの中で揺れてキラキラ光る。

「それと、我々の結婚に」

そう云うと、クレイグは一気に飲んだ。

結婚の言葉に今更のようにドキドキしてしまうハルトも、そっと口をつける。

「美味しい…」

口当たりが素晴らしく、上品な細かい泡がすっと喉を撫《な》でていく。

「素晴らしいな。これ以上のシャンパンはまだ飲んだことがない。王室がＶＩＰへの贈答用として使うのも頷ける」

クレイグは二杯目を注ぐ。

ディナーの席でもかなりワインを飲んでいたようだったが、まるで酔ってない。

「きみは？」

「いえ、僕は一杯だけで…」

既に少し酔ってきていて、ふわふわしている。

「ときに…。今日は初夜ということになるわけだが」

クレイグの目が何かを企むようにハルトの目を覗き込む。

「え……」

ぐっと距離を詰めたクレイグの眉が僅かに寄る。

「ん？」

酔って体温が高くなったハルトから、抑えていたはずの匂いが漏れ出したのだ。

「……これは……」

クレイグは慌てて身体を離したが、どうやら既に遅かった。

「きみ、もしかして…」

クレイグの表情から余裕が消える。自制心には自信があったのに、どうしても抗えなくてハルトの匂いを思いきり吸ってしまった。

不本意にも、彼は為《な》す術もなくヒート状態に陥った。

強いオスのフェロモンが、ハルトを直撃する。

「え……」

無防備にもそれを嗅《か》いでしまったハルトは、身体中の血が逆流するような衝撃に襲われた。

ぐらりと眩暈《めまい》がして、一瞬目の前の景色が歪《ゆが》む。慌てて目を閉じて、息を吐いた。

どくん、どくんと胸の鼓動がはっきりと聞き取れる。

無意識に、また匂いを嗅いでしまう。

あ…、これ、やばい……。

嗅いだだけで、身体がとけそうに熱くなって、下半身が濡れて疼《うず》いてくる。

なんとかして…。

そう、目の前のアルファに何とかしてほしいのだ。こんな感情は初めてで、ハルトは何をどうすればいいのかわからない。

「きみ…、発情期なのか？」

突然云われて、ハルトは慌てて顔を上げた。

そうだ、これ発情してるんだ。

「でも、ちゃんと薬飲んでる…」

「薬じゃ制御できない場合も…」

「そんなこと……」

泣きそうな顔で返す。薬が効かなかったことなんてこれまでなかった。発情期中にアルコールを飲んでも問題なかったのだ。

しかし自分は今明らかに発情している。どういうことなんだろう…。

以前にナツキの悪ふざけで、ピルをビタミン剤と取り換えられたことがあった。それに気づかずに発情期を迎えてしまって、発情の苦しさを身をもって体験した。それでも強めの抑制剤が効いて、数時間で抑えることができた。

それ以来薬の管理は慎重になったし、主治医と相談した上で定期的な血液検査で薬の効果も確認している。

なのでそれ以降は、発情期であれそうじゃないときであれ、たとえアルファと接近することになっても、何か問題になったことはなかった。

今の今まで、ずっと問題がなかった。クレイグと同じ車に乗っていても、何もなかったではないか。

なのに、今になって…。

「へ、部屋に抑制剤が…」

立とうとするハルトの腕をクレイグが掴んだ。

強く引き寄せて、乱暴に唇を奪う。そのときに、クレイグは本能的に察知したのだ。

「な……」

「抑える必要などないだろう？」

クレイグは無慈悲にもそう云い放った。

抑制剤でどうにかなるもんじゃない。というか、どうにかされてたまるか。既に火が点《つ》いてしまったクレイグは、目の前のオメガを征服することしか考えていなかった。

そこにあるのは、獣じみた欲望だけだ。

クレイグはハルトから唇を離すと、その濡れた唇を舐《な》めてやる。

「やはりな…」

王族であるクレイグは、発情期のオメガへの対処法は身に付けていた。にもかかわらず、自分がこんなふうに理性の欠片《かけら》もない状態に陥るとは…、つまりはそういうことなのだとクレイグは悟った。

ならば抵抗しても無意味だろう。この暴走する欲望に流されるしかない。

もう一度ハルトを引き寄せて、思うさま貪《むさぼ》る。

ハルトのフェロモンはますます強くなって、クレイグは欲望のままにそれを貪った。五感に訴える甘美な匂い。

「っ…」

クレイグは片目を瞑《つむ》って、快楽の波をやり過ごした。しかし更に襲いかかる波に、為す術もなく呑み込まれる。

そしてそれは、ハルトの側も同様だった。

クレイグから放たれる匂いを吸い込むと、頭の芯まで痺れてしまう。

未知の世界への恐怖よりも欲望が勝ってしまって、クレイグの愛撫《あいぶ》に抵抗することができないでいる。

これはきっと、自分がオメガだからだ。

オメガは快楽に弱い。一旦《いったん》発情すると、アルファに慰めてもらうまで求め続ける。そんな話を聞いたときは、自分は違うと強く否定した。それをナツキは笑っていたけど、今の自分は何ひとつ反論できない。

自分の指にクレイグの長い指がからまって、それだけで奥がじわっと濡れてくる。はしたない匂いを撒《ま》き散らして無意識のうちに彼を挑発する。

ジャケットを着たままシャツのボタンを殆ど外されて、露《あら》わになった裸の胸をクレイグの長い指が這《は》う。

「あ……ン」

乳首を弄《いじ》られて腰を捩《よじ》ってしまう。

何も。何も知らないのに、ハルトの身体は既にそれを知っているかのように、すっかり開かれていた。

「意外に慣れてる?」

クレイグの言葉に、ハルトの身体がぴくりと震える。

そんなわけない…。否定したかったが、同時に初めてだってことがバレるのも嫌だった。だって、初めてでこんなのって、淫乱《いんらん》みたいだと自分で思ったから。やっぱりオメガだなと云われたくなかったのだ。

しかし、そんなことを考えられていたのもここまでだった。

クレイグの手がハルトのズボンの中に入り込んできて、苦しそうに持ち上がっているハルトのペニスに触れた。

「…辛そうだね。一度出しちゃおうか」

クレイグの大きな手が、ハルトのペニスを扱《しご》きあげる。

他人の手で愛撫されたのは初めてで、ハルトは恥ずかしさと気持ちよさで、あっという間に射精してしまった。

けど、イかされても熱が冷めることもなく、奥は更に熱を持って疼いたままだ。

「汚しちゃったね」

微笑しながら、染みのついたズボンを引き抜いた。

そして自分もジャケットを脱いでネクタイを緩めると、楽しそうにハルトのジャケットを脱がせていく。

くしゃくしゃのシャツとボクサーパンツだけの恥ずかしい恰好にされて、ハルトはもうどうしていいかわからず、ソファの肘掛けに顔を埋めてしまう。

クレイグはそんな彼のシャツを後ろから捲《まく》り上げると、滑らかな背中に指を這わせた。

「あ……」

ハルトの背がのけ反《ぞ》る。

「……ここ、滴《したた》ってないか？」

長い指が、下着越しにハルトの奥を辿る。

「や……」

掠《かす》れたハルトの声がどこか淫靡《いんび》に響いて、その不意打ちにクレイグは僅かに眉を寄せた。

「……そうやって誘うのか？」

ハルトは慌てて首を振る。ひどい、そんな云い方って…。

しかしハルトの全身から溢れる匂いは、明らかにクレイグを誘っている。

クレイグの綺麗に手入れされた指が、下着を少し引き下げてハルトの奥に埋まった。

「ひや、ぁ……」

ハルトの身体がびくんと跳ね上がって、声にならない声を上げた。

狭いはずのそこは、クレイグの指を拒むことなく、迎え入れるように緩んでゆっくりと呑み込んでいった。

「…あ、はぁ……」

最初は違和感もあったものの、中をくちゅくちゅと指で弄られると、しだいに快感が勝ってきて、もぞもぞと腰を捩ってしまう。

ハルトの中はあとからあとから愛液が溢れてきて、入り口から滴って下着を濡らす。

ペニスが下着を持ち上げて、くっきりと形を露わにしているのが何とも卑猥《ひわい》だ。

後ろに埋まるクレイグの指は、焦《じ》らすようにそこをやんわりと愛撫して、ハルトはますます苦しくなる。もっと、もっと奥まで…。

じりじりとした愛撫では足りず、ハルトは自分で下着を引き下げてしまいたくなる。

それを察してか、クレイグは一気にそこを露わにした。

ぷるんと、ハルトのペニスが跳ね返る。そして後ろからはじんわりと愛液が漏れてクレイグの指を更に濡らす。

「すごい欲しがってるね」

クレイグは指を埋めたまま、ハルトに口づけた。

歯列をこじあけて舌を侵入させると、ハルトの舌を捕らえた。ねっとりとからみつかせて、欲望を煽《あお》っていく。

ハルトは息をするのもやっとで、クレイグにされるがままだ。

「…可愛いな」

クレイグは一旦指を引き抜くと、自分の反りかえったものにゴムを着ける。そしてその先端をハルトの入り口にぐりぐりと押し当てた。

後ろ向きにされていて見えない分、強い恐怖があった。

慌てて抵抗しようと身体を捩ったときに、クレイグの匂いをもろに嗅いでしまった。

くらっと眩暈がして、身体の中心が熱くなる。と同時に、ハルトからもまたフェロモンが溢れてしまう。

二人はただ本能のままにお互いを求めたのだ。

ぐいと腰を突き入れて、クレイグのペニスがハルトの中に埋まる。

「あっ……やっ……」

いきなり入ってきたものの大きさに、ハルトは怖気《おじけ》づく。が、そこは充分に濡れていて、多少の圧迫感はあるものの、すんなりとクレイグのものを受け入れていた。

オメガの身体が、本能が、既に知っていた。アルファを受け入れるということを。

そこは、緩く強くクレイグを締め付ける。

「くっ……」

クレイグですら、飲み込まれそうになる。

ハルトは既に理性を手放していて、本能のままにクレイグを貪った。

自分の体は、どうすればクレイグを悦《よろこ》ばすことができるかを知っているのだ。

内壁がうねるようにクレイグのペニスにからみつく。ねっとりとしっとりと、快感を煽る。

クレイグはそれに突き動かされるように、激しく自分のもので中を擦ってやる。

「あ……、い……」

ハルトはうわ言のように呟《つぶや》いていた。

何も考えられない、何も考えなくていい。自分の欲望に任せておけばいいのだ。

「ああ、やっぱりだ…。きみが……」

クレイグが何か囁くが、ハルトの脳はその意味を受け取る状態になかった。

発情した身体は、アルファを求めることしか考えられなくなる。

何度も欲しがって、乱れて、ひたすらにアルファを貪り続けていた。


翌朝、ハルトはいつものように自分のベッドで目覚めた。

…どういう状況？　ハルトには事情がすぐには呑み込めなかった。

いつものようにパジャマを着ていたが、全身がぐったりとだるい。欲情はしていないが、明らかに昨夜の疲れが残っている。

何度もイかされたことを思い出してしまって、身体がカッと熱くなった。

でもいつのまに自分のベッドに…？

確か、居間でシャンパンを飲んでいたときに、そのままソファで…。誰もいないからといって、あんなところで…。

恥ずかしすぎて、詳細は思い出したくない。けど、そのあとは…？

途中からの記憶がすっかりなくなってしまっている。断片的に思い出せはしても、それが自分の妄想なのか区別がつかなくなっている。

ふと、サイドテーブルの時計に目をやる。遅刻かと思って一瞬慌てかけるが、翌日も休みをとっていたことを思い出した。

しかし、クレイグは？　もしかしてもう出かけてしまったのだろうか。

不安な気持ちのままバスルームに向かう。

ふと、鏡に映った自分を見て、ハルトはどきっとした。自分の顔がなんか…妙にエロくて気持ち悪い…。

なんなの…。

鏡から目を逸らそうとして、首のあたりに残るいくつもの鬱血《うっけつ》に気づく。

「え……」

これは所謂、キスマークというやつだ。一気に昨夜のことが蘇ってきて、そのリアルさに身体が羞恥《しゅうち》に燃え上がった。

急いで冷たいシャワーを浴びるが、身体の火照《ほて》りはとれない。

クレイグの熱い手が自分のものを愛撫して…、そんなことを思い出してしまってよけいに収まらなくなってしまった。

目を固く閉じて、自分のものに手をやる。そこは既に硬くなりかけていた。

「は…ぁ……」

ゆっくりと指をからめて、愛撫する。

しかしペニスを扱いても、疼いているのはそこではない。これまで知らなかった場所が、刺激を欲しがっているのだ。

誰も見てないんだから…そう思うものの、どうしても躊躇してしまう。

それでも、ハルトの身体は既にそこを刺激する気持ちよさを、クレイグに教えられてしまっていた。

「あ……」

大きく息を吐くと、ゆるゆると手を伸ばして、後ろに指を埋めた。

ゆっくり、くちゅくちゅと指を出し入れしてみる。

なんか、やばい…、そう思うのだが、もう止められない。

更に奥まで指を入れて、夢中になって後ろを愛撫する。

「あ、あ、あっ……」

いやらしい声がバスルームに響き渡る。慌ててシャワーのお湯を出しっぱなしにして、声をかき消した。

クレイグのものが、ここに…。

それを思い出した途端、ハルトは短い声を上げて射精してしまった。

「…何やってんの……」

自己嫌悪でいっぱいになった。それでも何とか収まったようだ。

シャワーを浴び終えると、急いでピルを飲む。そして少し迷ったものの、万が一を考えてアフターピルも飲んでおいた。

オメガ専用のアフターピルは、副作用が小さく効果の高いものだ。それでも従来のアフターピル同様、できるだけ早く服用しないと効果は薄れる。そのため、オメガにはピルと同時に処方されるのが一般的だ。

クレイグが避妊をしていたとしても、それだけでは十分ではない。何といっても、発情期中のアルファとのセックスでは、避妊しなかった場合の妊娠率は特別な場合を除けば百パーセントに近いとも云われている。

なので、ピルとコンドームでの避妊の組み合わせの上に、更にアフターピルも使うことで万全を期すのだ。

着替えをしながら、机の上のスマホに気づいた。ケーブルに繋がれていて既に充電は完了している。自分で充電した覚えはまったくない。

不安な気持ちで確認すると、クレイグからのメールが入っていた。

『おはよう。よく眠れた？　起きたらメールを』

困惑しつつ返信すると、ほどなくしてドアがノックされた。

急いで開けると、シャツとネクタイ姿のクレイグが立っていた。

「おはよう」

「お、おはようございます」

ハルトが少し見上げると、クレイグは少し屈み込んで軽くキスをした。

驚いて後ろに下がるハルトを見て、クレイグの目がふっと笑った。

「入っても？」

返事を聞く前に既に入っている。

「今日は部屋から出ないで過ごした方がいい」

「え、どうして…」

「どうして？　昨日の今日でそれを聞くのか？」

その言葉に、ハルトは真っ赤になった。

「あ、あれは…！　…さっきちゃんと薬は飲みましたから」

「昨日も飲んだと云っていたようだが」

それを云われると返す言葉がない。

「薬が効きにくくなっている可能性を考えれば、人と会わないに越したことはないだろう。ベータでも反応する者はいる」

「……」

「食事は部屋に運んでおくよう云ってある」

「は、発情期だって…」

「それは云ってない。具合が悪いとだけ」

ハルトは少しだけほっとして、小さく頷いた。

「今日はどうしても外せない打ち合わせが入ってるのでもう出るが、できるだけ早く戻るようにする」

その言葉に、ハルトは思わずクレイグを見上げた。

クレイグが、自分のために？

目が合ってしまって、ハルトは慌てて逸らす。

「い、いってらっしゃい」

「ああ。終わったらメールする」

ハルトの髪をくしゃっと撫でると、軽い足取りで部屋を出ていった。

撫でられたところに、そっと掌《てのひら》を当てる。

なんだろう、この心が浮き立つような気持ちは。

自分のために彼が早く帰宅してくれることに、こんなに幸せな気持ちになれるとは。

殆ど無意志に窓に寄って、庭を見下ろす。

ピカピカに磨かれたベントレーが停まっていて、ちょうどクレイグが玄関から出てきたところだった。

ふと彼が二階を見上げて、窓越しに目が合った…ように感じた。

これ、覚えが…。最初にこの屋敷に来たときに…。そうあのときは無視されたのだ。

目を逸らした方が…そう思うと同時に、クレイグの目が優しく細められて、軽く片手を挙げてくれた。

慌てて自分も振り返す。

クレイグはすぐに車に乗り込んだが、ハルトは車が見えなくなるまでずっと見送っていた。

たったそれだけのことが、こんなにも嬉しいなんて。

ほこほこした気分でいると、使用人のアンディが食事を運んできてくれた。

「ハルト様、お食事をお持ちしました。中までお運びしましょうか？　クレイグ様はドアの前でいいと仰っていたのですが…」

外から声をかけられる。

「あ、そこに置いておいてください」

「かしこまりました。何かあったら声かけてくださいませ。お大事に」

ハルトはなんだか仮病を使ってるみたいで居心地が悪かったが、それでも事情を知られたくなくて、アンディが居なくなるのを見計らってからドアを開けた。

フレンチトーストとたっぷりの温野菜サラダ、それに飲み物。すっかり空腹だったハルトはそれを全部平らげた。

具合が悪い設定なのに食欲旺盛すぎるかも…と食べてしまってから気づいたが、気にしても仕方ないと思って、時間をかけて読みたかった資料を読んで一日を過ごした。

こうやって一人で部屋に閉じこもって作業していると、昨日のことが非現実的に思えてきてしまう。

一人の作業は嫌いではないが、ふと自分だけが世界に取り残された気分になる。

大学の寮が懐かしい。四六時中人の行き来があって、夜中の自習室でも誰かしらが勉強している。話をしなくても孤独を感じることはなかった。

自分が何時間も一人で過ごしている間も、クレイグは誰かしらと会っていて、その相手は皆彼のことを知っている。そんな日常を過ごしているのだろう。

そういえばメールは来てない。忙しくて忘れているのだろうと思った。

クレイグは心配していたけど、彼が出勤してからはずっと何ともない。発情期でも薬がちゃんと効いてるいつもと何も変わらない発情期。

これで部屋で閉じこもってる意味があるんだろうかと溜め息をつく。

それでも夕食も大人しく自分の部屋で食べていると、車のエンジン音が聞こえたような気がして、慌てて立ち上がって窓から外を見る。

朝見送ったベントレーが、玄関前に着いたところだった。

それを見ただけで、気持ちが浮き立つ。

なんだか待ち侘《わ》びていたみたいで、それを知られたくなくて、慌てて窓から離れる。が、おかしいくらいに胸がドキドキしてきた。

それでもテーブルに戻ると、水を飲んで気持ちを落ち着ける。

ただ彼に会えるだけなのが、こんなに嬉しいなんて。

どうしよう。出迎えた方がいいのかな。

そんなことを思っていると、軽快なテンポの靴音が聞こえてきて、ドアをノックされた。

「は、はい……！」

上ずった声を上げて、自分で開けに行こうとするより先に、ドアが開いた。

「ハルト！」

クレイグはかつかつとハルトに近づくと、ハグをする。

「ただいま。遅くなった」

「お、お帰りなさい」

クレイグはハルトを見下ろして、その唇に軽くキスをした。

「まだ食事中だったか」

「あ、いえ…もう終わるところです」

「そうか。なら、私の部屋に行くか」

そう云うと、ハルトの手をとって誘導する。

「ク、クレイグ、食事は…」

「仕事しながら済ませた」

繋いだ手に指をからめて、ぎゅっと握る。

え…、からまった指に意識が集中してしまう。

「んー、やっぱり匂い漏れてる…」

クールな表情で云うと、ハルトを引き寄せて耳の下をくんと嗅いだ。

「ちょ……」

「可愛いな」

ハルトは首まで真っ赤になった。

ずっと何ともなかったのに、クレイグが近づくだけでおかしくなる。

「部屋から出なくて正解だったろ?」

「さ、さっきまでは、何ともなかったのに…」

思わず云い返してしまった。

「さっきまで? …それは私のせいだと?」

真面目な顔で返されて、ハルトは思わず視線を逸らしてしまう。

「…そんなこと云ってません」

「ふうん?」

クレイグは僅かに目を細めると、空いた方の手でスマホを取り出した。

「…ああ、私だ。ハルトの食事の片付けを頼む。それが終わったら今日はもう上がってもらっていい」

ミセス・タナーに連絡しながら、ハルトを自分の部屋に招き入れた。

ハルトはどきっとした。それはまた二人きりになるという…、しっかり期待してしまう自分に呆れて、慌ててその考えを頭から追い出した。

クレイグの書斎はハルトの部屋の広さの倍近くあって、仮眠もできそうなゆったりしたイタリア製の贅沢なソファも備え付けられている。しかし殆ど使っていないせいか生活臭はどこにもない。

「飲み物を…。ワインでも？」

「い、いえ…」

「そう？　では私だけいただこう」

ワインセラーからボトルを取り出して、自分で封を切った。

そういうことは使用人がやるはずだが、実はクレイグはけっこう何でも自分でやれた。アメリカの大学は全寮制だったし、そこには他国の貴族の子弟も数人在籍していたが、皆他の学生と同じ生活をしていて、クレイグも例外ではなかった。

「実は来月末にロックハートが後援しているチャリティパーティに揃って出るよう、伯父から連絡を受けた。スケジュールを空けておいてくれるか」

来月からは本格的に仕事も始まるが、休みの前日だったのでそれほど問題はなさそうだ。

「…わかりました」

「堅苦しい集まりではないし、親族に紹介するのにいい機会だと思う」

親族と聞いて少し緊張するが、こういうことにも慣れていかないといけないのだ。

「当面のあいだは、パーティの類は基本的に月に一度までにするようケネスには云ってある。負担にならないようこちらも配慮するが、官僚は激務と聞くので、きみもうまくやれるようまく立ち回ってくれ」

「お気遣いありがとうございます」

クレイグの配慮をありがたく思いつつ、ハルトはまだ自分の立場や役割がよくわかっていないことに不安を覚えてしまう。しかし、そういうことも慣れていくしかないのかもしれないと、内心溜め息をついた。

クレイグはグラスを空けると、ジャケットを脱いでソファの背もたれにかけた。

「…今日も薬は飲んでる？」

肘掛けに腰掛けてネクタイを緩めながら聞く。

ハルトは戸惑ったように眉を寄せただけだった。

「飲んでなかったらどうなるのかな。…試してみないか？」

「み、みません」

「そうか。ではそういうことは先にとっておくか」

人の悪い笑みを浮かべながら返すと、身体を乗り出してハルトに口づけた。

慌てて抵抗しようとしたハルトの手に指をからめる。

唇を吸いながら追い詰めていく。

「あ……」

ハルトはすっかりからめとられて、甘い声を上げてしまう。

中心が熱くなってきて、身体が疼いてくる。こうなると、自分ではどうしようもなくなることを昨日体験したばかりだ。そしてまずいことに、彼はクレイグが何とかしてくれることの快感を知ってしまっている。

「ますます濃くなってる」

クレイグはその匂いをくんくんと嗅ぎながら、ハルトのシャツのボタンを外し始めた。

「お？」

自分がつけた痕《あと》がまだうっすらと残っていて、クレイグは敢えてそこを吸ってやる。

「な……」

ハルトが抵抗しようとしたが、クレイグはかまわず歯を立てる。

陶器のように白く滑らかな肌についた痕は、赤い花びらが散っているようだ。

「ハルト…」

囁いて、口づける。

「あ……」

また、ふわりとフェロモンが漂う。

じわじわと、身体の奥が濡れてきて、そこが疼き始める。

ピルではとうてい抑えられない。この疼きをどうにかしてくれるのは、今自分にキスしてくれているアルファだけだ。

裸の腰をゆっくりと撫でられるだけで、苦しくて息が荒くなる。

「ク、クレイグ……」

名前を呼ぶ声が、甘く濡れている。

早く…、焦らさないで…。

「…可愛いな」

ハルトは虚《うつ》ろな目で、クレイグの愛撫に応えていた。

ハルトの発情期のあいだ、クレイグは完全にオフにした。

ずっと屋敷から出ずに、会議や片付けきれなかった仕事はすべてリモートでこなして、ハルトが欲情したら慰めるのの繰り返しで、二人は情欲にまみれて過ごした。

ハルトはピルを飲んでいてもいつもとはまるで違っていて、クレイグが傍にいて彼の匂いを意識するだけで発情してしまう。

自分で自分を制御できなくて、それから逃れることもできない。終始、頭に霧がかかったような状態で、クレイグが慰めてくれるままに身を委ねるしかなかった。

まるで蜜月《みつげつ》そのものの生活を数日送って、ハルトは身も心も蕩《とろ》けるようだったが、発情期が終わるや否《いな》や、クレイグは仕事三昧《ざんまい》で屋敷に帰って来なくなった。

ハルトも実習を再開させたものの、心ここにあらずのような状態が続いてしまった。自分がこんな状態になるとは信じ難く、情けなくもあった。

身体の疼きや火照りは収まったものの、クレイグのことを考えるだけでどきどきして落ち着かない。これまで以上に会いたい気持ちが募る。

クレイグの方は無理矢理仕事をキャンセルしたせいで、おそらく出張だの会議だのと忙しいのだろうと想像はするものの、毎日のように今日は会えるかもと期待しては失望するを繰り返していた。

しかしずっとそんなふわふわした恋する乙女のような気持ちでいられるわけもない。

インターン期間も終了となって、ハルトも本格的な役所勤めが始まったのだ。

その初日。やはりクレイグは不在で、ハルトは朝食をすませてスーツに着替えていた。

既に両親や伯父からはお祝いのメールが届いていて、自然と背筋が伸びるようだった。

慣れない手つきでネクタイを結んでいると、家政婦のナタリーがお祝いの花が届いたことを告げに来た。

「クレイグ様からです」

ナタリーは部屋まで花を運んでくれて、ハルトにカードを差し出した。

『きみの輝かしい未来の第一歩を祝して』

手書きのカードだった。

思いがけない贈り物に、ハルトの心が浮き立った。もしかしたら、今日は帰宅したらサプライズでお祝いしてもらえるかも?

「立派なお花ですねえ。これ、きっとクレイグ様がお花やアレンジのイメージは指定されていると思います。ハルト様のイメージにぴったりですもの」

「え、そうかな…」

自分のイメージというのがよくわからないが、ハルトは好意的に受け取った。そして彼女に勧められるままに、お花の写真を撮ってクレイグにお礼のメールを送る。

「以前にケネスさんから聞いたのですが、クレイグ様は親しい方への贈り物は必ずご自分でお決めになるようです。クレイグ様のいらっしゃるアパートメントにはフラワーショップも入っているとか」

「…アパートメント？」

スマホを鞄にしまおうとしたハルトの手が止まった。

「あら、ご存じなかったんですか？　ホテルみたいな高級アパートメントだそうですよ。オフィスに近いので、ふだんはそちらを使っておられるとか」

ナタリーは家政婦歴もそこそこ長くセレブの家庭が様々なことを知っているので、ハルトがクレイグの生活を知らないことにもさして疑問を持たなかったようだ。

「あ。迎えが来たようですわ」

階下から呼ばれて、ハルトはもやもやした気持ちのまま、迎えの車に乗った。

高級アパートメント…。

クレイグが出張やら何かしら仕事の都合で屋敷に帰れないのだと思っていたが、そうではなかった。彼が帰る家はここではなく、その高級アパートメントだったのだ。

ホテル並みのサービスを提供するそのアパートメントには、王族や海外VIPの居住者もいて、ハルトは知らなかったのだが、実は屋敷を改築する前からクレイグはそこで暮らしていたのだ。

そもそも、夫婦が同居していないセレブカップルは特に珍しくはない。

お互いがいくつもの住居を持っていて、それぞれの暮らしがあって、ときどき一緒に夫婦の時間を過ごす。そうしたカップルの方が長続きするとも云われている。

それぞれの暮らしの中には、所謂愛人との生活も当然含まれる。家同士の繋がりを大事にしつつ、個人の幸福の追求も考えた結果なのだろう。

もちろん家同士の繋がりは特に関係なく、恋愛感情で婚姻関係を結んだカップルでも、互いを束縛しないという理念で別居を選択するケースもある。

ハルトはこれまであまりそういうことには興味がなかったので、セレブの事情とか知らないでいたが、要するにクレイグが挙げた条件とはそういうことだったのだ。

お互いのことをよく知らずに結婚することになってしまったが、一緒に過ごすうちにお互いのことを知って、信頼や愛情も芽生えて、そんなふうにして家庭を作っていくのかなと勝手に想像していただけに、ハルトはショックだった。

お互いのことには干渉しない。確かにクレイグはそう云っていたではないか。

ということは、もしかしたらクレイグはその高級アパートメントで誰かと生活しているのかもしれない。

そんなことを考えてしまって、ハルトは激しく動揺した。

自分が知らないだけで、とっくにそういう相手がいたんじゃ…。だからナツキに婚約を解消されても淡々としていたのかも…。

「…ルト様……、ハルト様？」

運転手に呼びかけられて、ハルトははっとした。

「え？」

「到着いたしました。ここから先は許可のない車は侵入できませんので」

「あ、はい。ありがとうございます」

慌ててお礼を云うと、車を降りる。

これから初仕事なのに、こんな気持ちで出勤することになるとは。

しかしそんなことで落ち込んでいる場合ではない。目指した仕事の第一歩だ。しっかりしなければ。

「いってらっしゃいませ」

運転手に見送られて、ハルトはスーツの群れが目指す方向に自分も加わった。

新人研修の期間中は残業こそないものの、毎日与えられる課題の量に新人たちは押し潰されるほどの忙しさだった。

短期間で即戦力になることが望まれていて、そのためのハウツーを徹底して習得することが義務付けられているのだ。

課題をこなせてないと、たちまち翌日の研修では詰んでしまう。課題をクリアしていることを前提として行われるので、週末にまとめてやるということもできない。それは同時に休日はしっかり休めというメッセージでもある。

ハルトを始めとした大半の新人は、ランチタイムも資料から目を離せずにいたが、中には雑談を楽しむ余裕のある者もいた。

理解力が高く記憶力が頭抜けていいため、ハルトがかける時間の半分以下で課題をこなしてしまうのだ。官僚のトップに上り詰めるのは、おそらく彼らのようなタイプなのだろう。

そのグループの一人であるラリー・ワグナーから、突然声をかけられた。

「ハルト・ガードナーくん？　きみ、既婚者だって？」

ハルトは役所では便宜上ガードナー姓を名乗っていた。

ラリーはハルトの了解を得ることなく、彼の隣りの席に座った。

「配偶者がクレイグ・ロックハートって、ほんと？」

ストレートで不躾《ぶしつけ》な質問にハルトは内心眉を寄せた。長テーブルの反対側には他の職員も座っていたが、資料の解読を活発に話し合っていたし、そもそも職員食堂全体がかなり騒がしかったため、ラリーの声はハルトにしか聞こえていなかった。

ハルトはちらと視線を上げただけで、その失礼な男を無視した。

「あれ、もしかして公然の秘密、みたいな？」

尚もからんでくるラリーに、ハルトは溜め息をつく。

「特に秘密にはしてない」

ラリーはそれを聞くと、にっこりと微笑んだ。

「そう。俺もクレイグ・ロックハート氏のことはちょっと知っててさ」

顔を近づけると、声のトーンを落とした。

初めて話をする相手にしては近すぎる距離で、ハルトは無意識に身体を引く。

「実は、以前に俺の従姉と付き合ってたからね」

ざわっと、不安が押し寄せる。胸がかき乱されるような、そんな動揺を押し隠して、ハルトは何も答えなかった。

「あ、信じてないな。これ、一年ほど前の写真だけど…」

ラリーはそう云うと、スマホを操作して画像を見せた。

綺麗な女性とクレイグのツーショット写真だ。女性の肩に手を回していて、確かに恋人同士っぽく見える。

「婚約者がいる相手と付き合ってた従姉も従姉だけど、一方的に関係を終わらせるなんてずいぶんと身勝手だなと思って」

ハルトは上目づかいでラリーを見る。揶揄うつもりなのか、怒っているのか、ハルトには見分けがつかなかった。

「従姉を傷つけておいて、何もなかったような顔で結婚なんてね…」

「…それは苦情か何か？」

ハルトは努めて冷静に返した。

「僕に云われてもどうしようもないよ」

相手の目が一瞬不快そうに細められる。

「いや、忠告？」

嫌味っぽく返すラリーを、ハルトはじっと見た。

「当事者でもないきみが忠告？　その忠告に感謝しろとでも？」

「べつに感謝しろとは…」

「一方的な意見を鵜呑みにして、それを当人にぶつけるならともかく、僕に嫌味を云うばかりかそれを忠告などとまるで親切心からであるかのようにごまかすのは、特別頭がいいはずのきみにしてはスマートなやり方ではないと思う」

大人しそうなハルトが反論してくるとは思ってなかったらしく、ラリーは思わず押し黙る。

二人の険悪な空気に、同じテーブルの職員も気づいて、ちらちらと窺っている。が、ハルトはそれも無視した。

「それとも、彼には云えないけど、僕に対してならそういう云い方をしてもいいと思っているのなら、大変不快だとだけ云っておくよ」

ぴしりと返すハルトに、ラリーはつい苦笑を漏らした。

ハルトはむっとして、資料を鞄に入れるとトレーを掴んで席を立った。

「あ、ちょっと…」

ラリーが何か云おうとしたが、ハルトは聞く気などない。

自分がクレイグの配偶者であることを知っているのなら、おそらく自分がオメガであることも知っているのだろう。アルファの中には、オメガだからと軽く見る人間がいることは知っている。きっと彼もそうなのだろうと思う。

そういう奴は相手にする価値もない。

この不快感は、ラリーの不躾な態度のせいではない。さっき見せられた写真のせいだ。クレイグが高級アパートメントで誰かと暮らしているかもしれない疑惑。それが強くなったのだ。

「ハルト！」

食器返却口まで来て、再度ラリーに声をかけられた。

面倒くさいので無視すると、いきなり頭を下げられた。

「さっきは失礼なことを…」

ハルトの隣りでトレーを持った職員がぎょっとして二人を見る。

「自分の云ったことがあまりにも愚かで、それを自覚して恥ずかしくなった」

「……」

「きみの云うとおりだ。俺が悪かった」

他の職員たちもじろじろと二人を見ている。

「いや、わかってもらえたら…」

ハルトはさすがに周囲の目が痛くて、慌てて頭を上げさせた。

「ほんとに申し訳ない」

「もういいよ…」

ハルトもつい苦笑してしまう。

彼が見せてくれた写真の従姉は、彼が自慢に思うのは無理もないほどの美女だった。その従姉がクレイグに捨てられたとあっては、嫌味のひとつも云いたくなるだろう。

ハルトはそのことに理解を示しながらも、それでも自分が知らないクレイグの私生活の一部を知ってしまったことで、またもやもやした感情を抱えることになってしまった。

一年前ということは、まだナツキと婚約していたときだ。

ナツキが一方的に婚約を破棄したことでクレイグに同情していたが、もしかしたら必ずしもクレイグが裏切られたわけではないのかもしれない。

そのときから別の恋人もいたから、ナツキから婚約破棄されてもあっさりと受け入れたのかもしれない。

つまり、今だって他に恋人だか愛人だかがいても何も不思議じゃない。

そして、そんなことは使用人もみんなとっくに知っていて、誰も自分には云わないでいるだけなのかもしれない。

高級アパートメントでは、愛人どころか、家庭そのものが存在している可能性だってあるではないか。

自分だけが知らない、クレイグの別の家庭。

ハルトは慌ててその考えを追い払った。

自分はあの屋敷でどうやって暮らしていけばいいんだろうか。その答えが出ないまま、チャリティパーティの日がやってきた。


ちょっとしたパーティとクレイグは云っていたが、外資系の高級ホテルの一番大きいバンケットホールを使ったパーティは、ハルトにとっては充分規模の大きいものだった。

それでもドレスコードも特にない、ラフなパーティではあった。

ミセス・タナーが用意してくれたスーツはまたしてもベージュローゼで、しかし入籍のときよりももっとくだけたデザインだ。同じベージュローゼでもローゼが少し強く、襟や袖口に黒のラインが入っていて、金色のラメがあしらわれてもいる。

「旦那様が絶対に似合うと仰ってましたよ」

ハルトは前回以上に尻込みした。何といってもこの派手な衣装で人前に立たないといけないのだ。

それでもクレイグの選択に従わないわけにもいかず、仕方なく試着してみたところ、支度を手伝ってくれていた使用人たちから一斉に溜め息が漏れた。

「とてもよくお似合いです」

「少し派手かと思いましたが、ハルト様が着るととても上品で…」

「旦那様はハルト様のよさをよくわかっておられる」

それを鵜呑みにするわけではないが、それでも鏡に映る自分にハルトは躊躇していた。

自分が知らない自分を炙《あぶ》り出されたような…、どこか艶めかしくて何となく落ち着かない。

そんなふうに思う自分がおかしいのかもと、つい目を逸らしてしまう。

それでも大人しく会場に向かうと、先に着いていたクレイグと合流して、どきっとした。

丈が長めのモッズ系のスーツが、長身のクレイグにはこれ以上ないくらいに似合っていて、しかしよく見ると襟と袖口にラメ入りのベージュローゼのラインが入っている。基本の黒も所謂《いわゆる》烏《からす》の濡れ羽色《ばいろ》という艶のある黒で、ハルトの髪の色を思わせた。

丈が短めのクラシックタイプのハルトのスーツと、モッズスーツとでは印象がまるで違うのだが、遠目に見ると妙な一体感がある。

「うん。いいね」

クレイグはにっこり笑って、スーツ姿のハルトを誉めた。

「仕事忙しそうだって？　少しは慣れた？」

ハルトは小さく頷きながら、本当になんてカッコいい人なんだろうとつい見とれてしまう。

「…なに？」

「あ、いえ…。ちゃんとお名前を覚えられてるかどうか不安で…」

ハルトは慌てて言い訳する。

ケネスにもらった出席予定の親族のデータを頭に入れてきたつもりだったが、課題のせいで充分な時間がとれなくて完全に付け焼刃だった。元々人の顔を覚えるのが苦手だったこともあって、間違えやしないかと不安なのは本当だ。

「私がフォローするから、リラックスして」

クレイグは早速カップルにハルトを紹介する。そして、紹介する前に名前と自分との関係をこそっとハルトに耳打ちしてくれた。

次々と紹介されて、ハルトはケネスからもらった資料の相関図に、自分の印象を加えて埋めていった。

「…面倒なヤツがいる。母方の従兄弟のカイル・フォートと、一緒にいるのはたぶん婚約者」

クレイグは目が合った相手に微笑みながら、ハルトに耳打ちする。

面倒な奴というのは何かしらの注意だろうと、ハルトは少し身構えた。

「カイル、久しぶりだな。いつ帰国したんだ？」

「クレイグ！　元気そうだな」

カイルはクレイグのすぐ傍に控えるハルトに気づいた。

「もしかして彼が？　可愛い子じゃないか」

「ハルトだ。シャイなのでいじめないでくれよ」

ハルトはカイルの無遠慮な視線を感じつつ、それでも優雅に一礼してみせた。

「ハルトでございます。よろしくお願いいたします」

「…私が聞いたガードナー家の婚約者の名前は、ハルトではなかったような…」

おもしろがるような目をハルトに向ける。

なるほどそういうことかと思いつつ、ハルトは講習の成果を見せるべく、自信満々の笑みを浮かべた。

「双子の兄弟がいるせいで、ときどき間違われます」

しれっと返す。

「へえ、双子の？」

興味津々のカイルに、ハルトはそれ以上は説明する必要はないとばかりに、じっと見返す。

静かな圧力に、カイルの方がばつが悪そうに肩を竦めた。

「…それよりカイル、連れの美しい女性を紹介してくれないのか？」

クレイグが自然な流れでその場をフォローする。

カイルはまだ三十になったばかりなのに既に二度の離婚歴がある。そしてその後も半年ごとに婚約者が替わるという、忙しい男だ。

「ああ、そうだった」

カイルは、気を取り直して、最新の婚約者を二人に紹介した。

実はカイルやクレイグの両親のように、何度も結婚や離婚を繰り返す者はけっこう多い。そのたびに親族は増え続けて、それを把握するのもけっこう大変だ。

「…うまくあしらったな。やるじゃないか」

クレイグがおもしろそうに誉める。

「ゴシップ好きのパーティ好き。悪い奴じゃないんだが、いろいろとうざい。できれば距離を置きたいところだ」

「あの、もしかして、彼の婚約者はアマンダ・ローカスさんの妹ですか？」

頭の中の相関図を組み立てていたハルトが、ふとクレイグに聞いた。

アマンダは三人目に紹介されたクレイグの従弟の配偶者だ。

「云われてみれば…。よく気づいたな」

「ケネスが資料をくれたので」

「資料にカイルの彼女のことは入ってないんじゃ…。カイルも何も云ってなかったし」

「アマンダさんと似ておられたし、旧姓が同じだったので」

「憶えてた？」

「はあ、まあ」

さすがにクレイグも唸った。

「これは頼もしいな」

「資料のおかげです。それ以外の方まではとても…」

資料にない仕事関係や友人たちまでは、とても覚えきれない。

「今日はそれは気にしなくていい。こちらも実は把握してない相手も多い。私が関わってない案件の経営者まで覚えてられないし」

その友人なのか仕事関係者なのかの中にはとびきりの美女も多く、しかしハルトには敢えて紹介されなかった。ハルトが混乱しないための配慮なのかもしれないが、もしかしたら最初から紹介する気などないのかもしれない。

ラリーの従姉の話や、高級アパートメントのことを思い出してしまって、どうしてももやもやしてしまう。

この日クレイグから紹介された親族たちは、ハルトの存在に好意的な人も多かったが、中には懐疑的な人ももちろんいて、キャサリンの力が弱まれば何か云い出しそうな雰囲気も見え隠れしていた。

今更ガードナー家のような落ちぶれた家とロックハートが関係を持つことを、疎ましく思っている者も当然いるということだ。表立って云うことはできないまでも、キャサリンのガードナー家に対するこだわりをくだらない妄想だと云いたい者もいるようだ。

ハルトは自分が立っている場所が、ひどく不安定であることを今更のように感じた。

不釣合いなのは、何も家柄だけではない。

この日のクレイグは誰よりも目立っていて、特別で、皆の憧れだ。その隣りに自分が立つことがあまりにも不似合いに思えたのだ。

さっき彼にハグをしていた女性の方がずっとお似合いだし、彼が思わせぶりに視線をからめた先の美女に自分が敵うはずもない。

きっと、他の人たちもそう思ってる。あんなオメガをキャサリン様に押し付けられて気の毒に。そんなふうに見られてる気がしてくると、不安で落ち着かない気分になる。

クレイグに勧められて少しだけだがシャンパンを飲んだせいか、少しのぼせてきた。なんだか気分もよくない。

一息入れようと、クレイグに断って一旦廊下に出た。

手洗いに向かうまでの短い距離なのに、じろじろと見られているような気がして、落ち着かない。

そしてそれはどうやら気のせいではなかった。

「あら、あの人クレイグのお相手よ」

「オメガですって。どうやって取り入ったのかしらね」

通りすがりにこれ見よがしに云われて、ハルトは思わず振り返ってしまった。

「あらやだ、聞こえてたみたい」

「いいわよ。みんなそう思ってるんだから」

それを裏付けるかのように、たまたまそこにいた他の招待客も冷笑が漏れる。

ハルトは怒りと羞恥でカッと熱くなった。

なんで、そんなこと云われなきゃならないんだろう。

そのとき、自分の前に長身の男が立ち止った。

「お上品なドレス着て、堂々と差別発言?」

ハルトが慌てて顔を上げる。

「な、なによ…」

悪口を云った女性の一人が云い返そうとしたが、咎めた相手がすらりとしたイケメンだったせいで、思わず押し黙る。そしてばつが悪そうにこそこそと立ち去った。

「ラリー？」

「公然と差別発言する人って、久しぶりに見たなあ」

ラリーは呑気《のんき》そうに云って、ハルトににこっと笑ってみせた。

「なんでここに…」

「そりゃ招待されたからでしょ。ここ招待状なかったら入れないよ」

「それはそうなんだけど…」

「正確には招待された友人の付き添いだけどね。ロックハートの投資で会社興して、俺もそこの株主になってるから」

「……」

「あ、云っておくけど、彼に直接文句を云おうと思って来たわけじゃないよ。普通にチャリティに参加して、友人に紹介したりされたり…、そういうのが目的で来ただけ。きみに挨拶するつもりもなかったんだけど…」

ハルトははっとして、小さく頭を下げた。

「…ありがとう」

「いやー、俺もびっくりしちゃってさ。ああいうこと云う奴、ほんとにいるんだね」

呆れたように云うラリーを見て、クレイグのことであれこれ云ってきたのは、オメガの自分を軽んじてのことではなく、たんにクレイグの配偶者だからなだけで、ハルトも彼に対して誤解していたことがわかった。

「SNSの延長なのかねえ。こういう場所は誰が見てるかわからないんだから、気を付けないとねえ。俺みたいに記憶力のいい奴が、しっかり顔を憶えてないとも限らないんだからさ」

ラリーは不敵に笑った。

「実はさ、この前話した従姉だけど、きみと話したあとに久しぶりに電話してみたら、なんと今年中に結婚するって。しかもその相手ってのは、彼に振られて半月もたたないうちに付き合い始めたらしいよ」

ラリーは申し訳なさそうに云って、苦笑した。

「彼の話をしてみたら、そんなこともあったわねって。自殺するだの何だの大騒ぎしてたってのに、立ち直り早すぎてびっくりだよ」

敢えてクレイグの名前を出さずに三人称で話すのは、ラリーなりの配慮なのだろう。

「俺もちゃんと聞いておけば、恥かかずに済んだのにさ」

苦笑するラリーにつられて、ハルトも小さく笑った。

案外いい奴なんだなと、ラリーを見直した。これからも同じ庁内で一緒に仕事をすることになるかもしれないのだから、いい奴に越したことはない。

「ところで、そのスーツさ、彼とおソロなんだね」

指摘されて、なぜかどぎまぎした。

「…あ、そう」

「ふーん。意外と可愛いとこある人なんだね」

ラリーはニヤニヤしながら頷いている。が、ハルトはそのことの意味がよくわからなかった。

「可愛い？」

「だって、いかにもこの子は俺のモンって感じじゃない？」

ハルトは慌てて首を振る。

「や、そういうのとは違うと思うけど…」

そう云ったハルトをじっと見て、そしてふっと笑った。

「なるほど、きみはそう思ってんだ？」

そう思うも何も、現実問題としてクレイグがそんなアピールをするはずがないことを自分が一番わかっている。

「ま、いいけど。ていうかさ、俺ちょっと彼がきみを選んだ理由がわかったかも」

無邪気に云うラリーに、ハルトの表情が一瞬だけ崩れた。

違う。クレイグは自分を選んだわけじゃない。自分たちを選んだのはキャサリン様で、しかもクレイグは自分ではなくナツキを選んだ。自分はただの残り物だ。

けど、そんなこと知りもしないラリーは更に続けた。

「きみたち、すごくバランスがいいんだよ。雰囲気というか空気というか」

「……」

「たとえば、彼の相手がゴージャスな美女だったら…、ほら今一緒にいる女性、ああいうタイプだと確かに映えるけど、くどすぎるというか、さすがに嫌味でしかない。けど、きみのふわっとした品のいい空気は完璧すぎるクレイグを包み込んで、見事に調和がとれている」

ハルトはクレイグとは不釣合いだと思っていたので、バランスがいいと云われたことを素直に受け入れられなかった。嫌味どうこうというのは、世間的に美男が美女ではない相手を妻に選ぶと、外見よりも内面を重視するタイプと褒められるというだけの話ではないか。

そしてそれ以上にハルトが引っ掛かったのは、ラリーが例に挙げた美女とクレイグは、確かに嫌味すぎるくらいお似合いだった。

偶然かもしれないが、自分がホールを出たときからずっとクレイグと一緒にいる。いかにも親しげで…。ハルトは小さく首を振る。気にしても仕方ない。

「それにしても、ロング丈のモッズスーツをああも完璧に着こなすとはね。身長あって脚が長いから、めちゃくちゃカッコいいんだよな」

ハルトはその意見には大きく頷くところだが、そういうラリーもそこそこ長身でスタイルもいい。しかしクレイグは、雰囲気とか仕種とかそういうものも含めて、どこか違うのだ。

ハルトがラリーと別れてクレイグの元に戻ると、いつのまにかさっきの美女はいなくなっていた。

「…遅かったな」

「あ、知り合いと会って、少し立ち話を…」

「知り合い？」

「同期の職員です」

それにクレイグが何か云おうとしたが、その前に誰かがクレイグに挨拶に来て中断されてしまった。

その後もクレイグの元を訪れる招待客は切れることはなく、さすがにクレイグも疲れてきたのかさっきよりもどことなく不機嫌で…、いや不機嫌というわけではないのだが、ハルトに対してあまり笑顔を見せなくなってしまった。

「そろそろ引き上げるか」

まだ会場は賑わっていたが、クレイグは運転手にメールを入れると、目立たないように会場を出た。

待っていた車に乗り込む前も乗り込んでからも、クレイグはハルトに声をかけることはなかった。スマホを覗き込んで難しい顔をしている。

ハルトから話しかけられるような雰囲気もなく、黙って外の景色を見ていたが、自分で思った以上に緊張が続いていたせいか、いつのまにか眠ってしまっていた。

ふと気づくと、車内にはなぜかさっきの美女が同乗している。

仕事していたはずのクレイグは、ハルトを無視してその美女の手を握ったり髪を撫でたりしている。

え、なんで…。

二人はハルトの存在など見えていないかのように振る舞っている。

ハルトは嫉妬で指が震える。が、彼らの方を見ることもできない。

車が屋敷に着くと、運転手が降りてきてハルトだけ降ろされてしまった。

一人屋敷の前に取り残されて泣きそうな気分でいると、クレイグが彼女と高級アパートメントに入っていく姿が俯瞰で見えて…。

…俯瞰？

二人はエレベーターの中で抱擁《ほうよう》を交わしている。

ぽつんと屋敷の前で放っておかれて、泣きそうになる。

「や、やだ、おいてかないで…」

思わず口にしていた。涙まで溢れてきて…。

「…ルト？」

軽く肩を揺すられて、はっと目を開けた。

「…わ！」

目の前にクレイグの顔があった。

「…着いたが」

慌てて車の中を見る。あれ、さっきの美女は？

「寝惚《ねぼ》けてるのか？」

え、なに？　あれは、夢…？

クレイグの表情はかなり冷たく、呆れているようだ。

やっぱり自分だけここで降ろされるんじゃ…。

「自分で歩けるか？」

「あ、歩けます」

咄嗟《とっさ》に答えていた。

冷たく見えたクレイグの表情が少し和らいで、苦笑したように見えた。

彼は車を降りると、玄関に向かう。

ハルトは慌てて自分も彼の後を追った。

ドアは自動で開いて、クレイグはセキュリティを在宅モードに切り替えた。

「え……」

もしかして、今夜はここに？

夢とは逆の展開に、ハルトは急にどきどきしてきた。

「腹が空かないか？」

急に云われて、ハルトはきょとんとした。

「私はペコペコだ」

これは、自分に何か作れということなのだろうかと解釈して、ハルトは慌てて厨房《ちゅうぼう》に向かおうとした。

料理は殆どできないが、厨房には温めればすぐに食べることができる料理がたくさん冷蔵されているのだ。あれを温めればいいはず…。

が、ハルトより先に厨房に入ったクレイグは、ジャケットを脱いでネクタイを緩めると、シャツの袖を捲り始めた。

「パスタを茹でるが、きみも食べるか？」

思いもしない展開に、ハルトは言葉が出てこなかった。

「確か、パスタソースは作り置きされていたと思うが」

びっくりしてフリーズ状態だったハルトの脳が、ようやっと動き始める。

「…っ、作れるんですか？」

「そんなに驚くことか？」

「だって…」

「食べないのか？」

「た、食べます！」

慌てて返したハルトに、クレイグはふっと微笑んだ。

「それじゃあ今のうちに着替えておいで」

云いながら、電子レンジパスタ調理器を探し当てて麺と水をセットする。

「何かお手伝いすることは…」

「とりあえず着替えておいでよ。茹でるのにけっこう時間かかる」

ハルトは躊躇したものの、とりあえず急いで着替えることにした。

驚いていたが、それでもどこかうきうきしていた。まさか、クレイグと二人で過ごせるなんて。しかも彼の手作りのパスタ？

どんなご褒美だ。

いや、こっちが夢なのかも。もしそうなら、覚めないでほしい。

慌てて着替えて厨房に戻ると、クレイグは温野菜のサラダを皿に移し替えて、チーズをカットしているところだった。

どうやら夢ではなさそうだ。妄想にしてはできすぎだからだ。自分にはここまでリアルに再現できる力はない。

ネクタイは解いてしまったらしく椅子の背もたれにかかっていて、薄いブルーの絹のシャツが眩《まぶ》しい……。

「て、手伝います……」

「それじゃあ、お皿とグラスを…」

けっこう慣れているらしく、てきぱきとハルトに指示を出す。カットしたばかりのチーズをつまみ食いして、開けたばかりのワインを飲む。

「パーティ前に軽く入れておくつもりだったんだが、時間がなくて」

ハルトはクレイグに云われるままに、サラダの皿にローストビーフを足して、パスタにかけるためのパルミジャーノレッジャーノをたくさん擂《す》り下ろした。

パスタが茹で上がると、クレイグはフライパンで温めておいたパスタソースに湯切りをしたパスタを投入して、ソースとからめる。

手慣れた様子でフライパンを扱うクレイグに見とれながら、それでも上等なシャツにトマトソースが飛び散らないか、ハルトははらはらしながら見守っていた。

そんな心配もなくクレイグは器用に皿に盛り付けて、上から大量のチーズをかけた。

二人で準備して、二人で食べる。ハルトにとって至福の時間だった。

「美味しいです」

「こういうシンプルなのが一番美味しかったりするな」

「はい」

クレイグが作ってくれるならどんなものでも美味しいはずだ。

「さっき、叔父からメールがあったよ。既にネットでは我々の写真が出回ってるようだ。これはまあ仕方ないことだが、身を削って客寄せしたおかげで、チャリティは既にこれまでの最高額を上回ったと」

「…それは、よかったです」

「きみも可愛く撮れてる」

タブレットを見せられて、ハルトは少し赤くなった。

クレイグと並ぶと、妙に子どもっぽい。が、別の写真を見て、はっとした。

不意に、ラリーのバランスがいいという言葉が浮かんだのだ。

いやいや、何を思い上がってんだか。慌てて否定する。

「今日は来なかったようだったが、リーザ・ファインバーグをきみに紹介したかったんだ」

サラダもパスタを綺麗に平らげて、クレイグは三杯目のワインを飲んだ。

「彼女は大学で環境学を教えている専門家で、地球温暖化に警告を発している立場ではあるものの、その中では比較的現実路線だと聞いている。話をしてみる価値はあると思うんだが」

「大学教授は学生に強い影響を与えるので、そういう立場の方との対話は重要ですね」

ハルトは素直に賛成した。

「私もそう思う。それで、きみに彼女に会ってもらいたいのだが」

思わぬ大役に、ハルトは慌てた。

「わ、私がですか?」

「案外適任だと思うんだ。リーザはきっときみを気に入ると思う」

それは、クレイグがパーティで感じたことだった。

専門分野の仕事を持っている四十代以上のアルファ女性は、例外なくハルトに好意的に接していたのだ。

ナツキもそうだったが、ハルトは彼と同じかそれ以上に成熟したアルファ女性たちを惹きつけるようだ。ナツキは天性の社交性が人を惹きつけるのは納得できたが、ハルトもナツキにはない魅力があった。何とも云えない品のある立ち振る舞い、そして短い会話の中でも見え隠れする教養のせいだろうか。

アルファ男性が発情したオメガ男子に抵抗できないのと同じように、アルファ女性にとって、品のあるオメガ男子は擁護すべき存在なのかもしれない。

「彼女は学術論文の他にも、一般書も数冊出版している。先ずは目を通してみてはどうか」

「はい。是非」

ハルトは自分がクレイグに認められたようで嬉しかった。

「ケネスと相談してアポを入れてもらうといい」

「そうします」

「仕事が忙しいときに大変だとは思うが…」

「何とかします。是非やらせてください」

ハルトは前のめりで返す。社交の仕事よりもずっと向いているし、資料を読み込むのも苦にはならない。それにロックハートの一員として働けることは自分にとって意味のあることだと思っていたし、何よりクレイグの役に立てそうで素直に嬉しかった。

「それじゃあよろしく頼む。きみが動いてくれると助かる。私も新しいプロジェクトが始まるとあまり時間がとれなくなるので、どう折り合いをつけようかと思っていたところだ」

「…がんばります」

「先ずはリーザの意見を聞いて、方向性を考えよう。その上で今の流れに疑問を持っていそうなeクラブの幹部とも引き合わせたい。科学から逸脱しないよう組織を続けていけるように」

大きな枠組みはクレイグと相談しながら、細かい調整はケネスの手を借りながら、最終的にはハルトが中心になって行うことになりそうだ。

「そういえば、きみは弁護士資格を持ってるって？」

「はい。せっかく法律の勉強をしたので…」

この国で弁護士の資格をとるのはそれほど大変なことではない。規定の講習を決まった時間受講することで受験資格は得られるし、法律の基礎的な知識を習得していれば試験もそれほど難しくはない。だから資格を持っている人はわりといるが、弁護士の仕事をしているのはそのうちの半分以下だ。資格を持っているということは法律の基礎を知っているというだけのことで、それと弁護士活動とはまた別の話だからだ。

弁護士を職業にする場合は、一般的には法律事務所で数年働いて実地で身に付けていくというもので、そのような経験のない資格だけを持つ弁護士に誰も依頼しない。

「官僚試験に受からなかったときに、弁護士資格があれば就職のときに少しは有利に働くかなと思って」

少し前までなんのコネもなかったハルトにとってそれは普通の感覚だったが、クレイグにはそういう発想はなかったようだ。

「なるほど、そういうこともあるか」

「アピールできることがあまりないので、資格くらいはとっておかないとと」

「そんなこともないだろう。きみの独特の雰囲気を好ましく思う者は少なくないと思うが」

そのクレイグの言葉に、ハルトは少し引っ掛かった。

「…それは、オメガだからという意味ですか」

留学中にそういうことを云われた経験があったのだ。相手はオメガを誉めたつもりだったようだが、ハルトはあまりいい気分はしなかった。

「さあ？　オメガの知り合いはあまりいないので、他のオメガのことはよく知らない。今はただきみの話をしているだけだ」

その言葉にハルトははっとした。

「きみの独特の雰囲気は、きみ自身が作ってるのではないのか？　所謂オメガ的と云われる外見も無関係とは云わないが、それ以上に知的好奇心が強く物腰にも品がある、そういうことを指して云ったつもりだが」

ハルトは自分の思い込みに恥ずかしくなった。と同時に、こんなふうに褒められたこともないので、その両方で首まで真っ赤になってしまった。

「ぼ、僕…。あの…。突っかかるような云い方して、…すみません」

小さい声でぼそぼそと詫びる。そんなハルトを見て、クレイグはふっと笑みを漏らした。

「ハルトは素直だな。それはきみの美徳だ。ただ自己評価が低いのが気になる。他人のプラスの評価は受け入れるようにした方がいい。それが自分の意識を変えることにも繋がることがある。これはあくまでもプラスの評価に限ってのことだが…」

「マイナスの評価は…」

「自分のことをよく知りもしない、何の責任もとらない人たちのマイナスの評価は無視すればいい。よい評価だけを利用することだ」

どこか達観したような笑みを浮かべる。

王族として生まれると、望む望まないにかかわらず常に世間の目に晒《さら》される。クレイグの注目度は王宮の中の人たちと比べると小さいものの、それでもやはり一般人とは違う。そういう立場にいると、否応なく他人から評価を受けることになる。それをマイナスに捉えるのではなく、積極的に利用していけばいいというのがクレイグの考えだ。

「…それより、さっききみが話をしていた相手…、同僚だと云っていたな？」

クレイグはそれとなく話を向ける。

実は、彼は二人が話をしていたのを見ていたのだ。ハルトは自分といるときとは違う顔をしていて、それに小さな不快感を覚えた。そしてその不快感はネットで見つけた画像のせいで更に増して、無視できないものになっていたのだ。

もちろんハルトはそんなことは想像もしないし、クレイグとて自分が嫉妬しているなど考えもしていなかった。

「あ、はい。同期のラリー・ワグ…」

ハルトは云いかけて途中で止めた。従姉のことを思い出したのだ。

「彼は僕と違ってとても優秀で…。きっとすぐに出世するような…」

ごまかすように続けてしまう。

それに、クレイグは憮然とした表情になった。

「誰の紹介で？」

「…友人がロックハートの投資で会社を始めたと云ってましたが…」

「なんて会社？」

「え、…聞いてません」

「その友人の名前は？」

「それも…」

クレイグが急に詰問《きつもん》調になって、ハルトは少し戸惑う。

「あの、彼が何か…」

「きみはもう少し警戒心というものを持った方がいい。我々に取り入って利用しようとする者がいるということを常に頭に置いておくべきだ。これまでのきみとは立場が違う」

ハルトは少なからずショックを受けた。それは他者を見下す発言だ。

「…彼は違います」

ハルトは思わず云い返してしまった。

「なぜそう云い切れる？」

クレイグの眉が少し上がる。

「なぜって…」

そもそも、取り入るつもりの人物がクレイグへの敵意を露わにして自分に忠告などしないだろうと思うからだが、それを云うとラリーの従姉の話もしないわけにはいかなくなる。仕方なくハルトは押し黙った。それをクレイグは反論できないせいだと思ったようだ。

「きみの軽率な行動が多くの人に迷惑をかけることになることを自覚してくれ」

それにはさすがにハルトもむっとした。

「…軽率な行動などとっていませんし、誰かの迷惑になるようなことはしていません」

クレイグはハルトが反論するとは思わなかったのだろう。露骨に不快な顔になると、大きく溜め息をつくと、さっきのタブレットに別の画像を出してハルトに見せた。

「これでも？」

ラリーとの立ち話の画像だったが、そのキャプションがひどい。『早くも浮気？』と、茶化したものだった。

「なに、これ……」

「隙を作るなということだ」

こういうのにいちいち取り合っていても無駄だ、マイナスの言葉は無視すると云ったのはクレイグではないか。ハルトは無性に腹が立ってきた。

「…ラリーの素性なら、貴方の方がご存じかもしれません。貴方が一年ほど前に付き合ってた女性は彼の従姉だそうですから」

そんなこと云うつもりじゃなかったのに、つい云い返してしまった。

クレイグの眉が不快そうに寄る。

「誰のことを云っている？」

「名前まで聞いていません。けど、思い当たる方はいらっしゃるでしょう？」

「…一年前のことなら、きみには関係ないと思うが」

冷たく返されて、ハルトはキッと彼を睨み付ける。

「そうですか。では今はどうですか？　ここ以外にもお住まいはたくさんあって、そこで誰と何をされてるんですか？」

云ってしまった。でも口に出してしまうと、もう止まらない。

「どうせ、さっきのラベンダー色のドレスの女性と一緒に住んでるとかなんでしょうけど、自分は好き勝手してるくせに、僕にだけ隙を作るなとか…」

興奮しているせいか、涙が溢れてきてしまう。

「ハルト？」

「わかってますよ。お互い、干渉しない条件でしたよね。貴方がここには帰ってこないで、高級アパートメントとやらで愛人と暮らそうが、そんなことを咎める権利が自分にはないってことですよね。わかってます。けど、それなら貴方だって僕が何をしようが勝手だと……」

云い終わる前に、クレイグの手がハルトの腕を掴んだ。

「それはダメだ」

真面目な顔で云うと、ハルトを引き寄せる。

「それは認めない」

至近距離で囁くと、反論しようとするハルトの唇を塞《ふさ》いだ。

な、何を勝手なことを…。そう思っているのに、貪るようなキスに溺れそうになる。

頭ではダメだと思っているのに、抗うことができない。

「きみは、私のつがいだろ？」

「え……」

ハルトは突然のことに何も反応できずに、ただただクレイグの顔を見ていた。

「…もしかして、最初の夜のことを憶えてないのか？」

「最初の…？」

不安そうなハルトに、クレイグは思わず苦笑を漏らす。

「あのとき私はきみこそが私のつがいだと確信して、きみにもそう云ったはずだが」

「…聞いて、ない…」

最初の夜のことは、ハルトは部分的にしか覚えていなかった。

クレイグはさすがに溜め息をついた。

「きみも嬉しいって答えたんだが。憶えてなかったとはな」

突然、ハルトの記憶が蘇る。

クレイグのものを最初に受け入れた、あのときだ。

全身に強い痺れが走ったのだ。それは、あのときの痺れと似ていた。そう、クレイグと最初に握手をしたときの、あの衝撃だ。あのとき、ハルトも本能的に感じ取っていた。

『ああ、やっぱりだ…。きみが、私のつがいなんだな……』

クレイグがそう云ったときに、答え合わせができたようだった。

『…嬉しい』

お互いの本能がその答えに辿り着いたのだ。つまり、自分たちは魂のつがいだと。

出会う前から決められている、唯一無二の相手。

「…たましいの、つがい…?」

「ああ」

クレイグがゆっくり頷く。

「初めてキャサリン様の屋敷で会ったときに握手をしただろ？　あのときに不思議な感覚がなかったか？　痺れたみたいな、静電気に触れたときのような…」

ハルトは驚いて、ごくりと唾を呑み込んだ。

「やっぱりきみもか。あのとき、反応が遅れてこなかったか？」

「そ、そうです」

「やっぱりね。おかしいと思ったんだ。あのときは反応が遅れてきたとは考えもせず、ナツキに反応したのだと思い込んでしまった」

それは仕方のないことだと思う。ハルトにしてもあの衝撃の意味がずっとわからないでいたし、自分の一方的な片思いなのだと思っていた。

「それでナツキを選んだわけだけど、彼に聞いてみたらそういう反応はなかったというし、それじゃあやっぱり静電気だったんだろうと。そのうちそんなことも忘れてしまってたんだけど、きみと寝たときに同じような痺れがあって愕然《がくぜん》とした。こっちだったんだって」

「こっち…」

小さく呟くハルトの唇に、優しく口づける。

「そう、きみの方だった」

本能は正しくお互いを嗅ぎ分けていたのに、現実世界ではちょっとしたバグで勘違いが起こるものだ。

「ハルトは私のものだから、浮気は絶対にダメだ」

真面目な顔で云うと、ハルトを抱きかかえてテーブルに座らせた。そしてするりとネクタイを解きにかかる。

ラリーの言葉が蘇る。

『いかにもこの子は俺のモンって感じじゃない？』

そんなはずないって思ったけど、違ってた。嬉しくて、息苦しくなってくる。

「裏切ったら、この屋敷に監禁して一生出さないからな」

ハルトの細い首に、長い指をからめる。

ハルトはその甘い脅しに、身体が反応してしまう。

「おや、欲しそうな匂いがしてる」

耳の下をクンと嗅ぐと、ドSな目で見下ろした。

「監禁して凌辱《りょうじょく》されるのを想像した？」

ハルトは真っ赤になって、更に甘い匂いを漏らす。

クレイグは意地悪な笑みを浮かべると、解いたネクタイでハルトの両手首を後ろ手に縛った。

「な…」

「うんと虐《いじ》めたい…」

シャツをはだけさせて、乳首を舐め始める。

舌で転がして、カリッと歯を立てる。

「あ……」

「ハルトは、乳首も弱いよね」

クリクリと指で弄られて、ハルトはもじもじと腰を捩る。

発情期のような、全身が疼いて思考もあやふやになるのとはまた違う。それでも、彼の愛撫で中心が熱くなってくる。

クレイグはハルトの乳首を嘗め回しながら、布越しにハルトの股間を掴む。

「…硬くなってるね」

するりとベルトを外すと、ジッパーを押し下げた。

「うんと気持ちよくしてあげよう」

囁くと、下着ごとパンツを引き下ろしてそこを露わにした。

「や……」

慌てて膝を閉じようとするハルトの内腿に手をかけると、大きくそこを開かせた。

そして、躊躇することなく、ハルトのペニスに舌を這わせる。

「や、やめ……」

クレイグが…。そんな、こと……。

ハルトは真っ赤になって首を振る。

が、すぐに襲ってくる快感に、声を上げてしまっていた。

「ああっ……んんっ…」

クレイグにペニスをしゃぶられることがあまりにも気持ちよすぎて、もうどうしていいのかわからなくなる。

ハルトは抵抗することもできずに、ただただ快感に身を委ねた。

初めてペニスをしゃぶられて、ハルトは早々に呆気なく射精してしまったが、それでもすぐに熱は収まらない。

クレイグは、ハルトの戒めを解いてやると、抱き上げてベッドに移動する。

「気持ちよかった？」

揶揄うように聞かれて、ハルトは慌てて目を伏せる。そんな反応が可愛くて、クレイグはハルトを寝かせると、繰り返しキスをする。

ハルトがその口づけに夢中になると、うっすらとフェロモンも漏れてきて、それを嗅いだクレイグも呼吸が乱れてくる。

ハルトの耳の下を舐めながら、指で彼のお尻を弄る。

発情期のときのように身体が準備できていないのだが、それでもそこは僅かに濡れ始めている。狭くはあるが、それでも何とかなりそうだ。

ローションの助けを借りて、くちゅくちゅと指で慣らしていった。

「あ……は、ぁ……」

可愛い声を上げて、ハルトが息を吐く。さっき射精したばかりのハルトのペニスは、また硬くなり始めていた。

クレイグは再びハルトの脚を押し広げると、彼のペニスをしゃぶってやる。そうしながら、長い指でお尻の中を愛撫する。

「や…、だ、め…あ……」

ハルトはいやいやと首を振るが、身体はもっともっと欲しがっていて、前後からの刺激でハルトのそこはしだいに緩んでいく。

「ハルト…、リラックスして」

優しく囁いて、硬くなったペニスの先端を潜り込ませた。

そこは、発情してるときのように容易に飲むことはできないまでも、それでもクレイグの侵入を許した。

「きついな…。ハルト、力抜いて…。ゆっくり息吐いて…」

クレイグに云われるままに、息を吐く。少し緩んで、ずぷずぷと奥まで埋まった。

発情期のそこのように、うねってからみつくようなことはないが、それでもきついほどに吸い付いてくる。

クレイグはハルトの呼吸に合わせて、抜き差しを繰り返す。

ハルトは少しずつ圧迫感にも慣れてきて、それが快感に変わりつつあった。

濡れた声を上げて、ハルトは自分でも腰を使っていた。


「ハルト、そろそろ起きないか？」

翌朝。クレイグに起こされて、ハルトはぽやぽやした顔で彼を見る。

「これは…。可愛いな」

寝惚けた顔のハルトにキスをした。

「ドライブに行かないか」

ドライブ？　運転手付きの車で？

「い、行きたい…」

「それじゃあ三十分後に出発しよう。私は仕事をひとつ片付けておく」

高そうな腕時計を覗き込んで、微笑んだ。

ハルトは急いで自分の部屋に戻って、シャワーを浴びて支度をする。

「デート？　デート…だ」

嬉しくて、顔が緩んできてしまう。

支度を終えて階下に降りたが、ミセス・タナーたちの姿はどこにもない。

食堂を覗くと、昨日のままになっている。片付けた方が…と迷っていると、クレイグの声がした。

「準備できた？」

「あ、はい……」

振り返ってクレイグを見て、ハルトは思わず目を見張る。

革の黒いパンツにタイトなシャツ。短い革のジャケットを着ながら階段を降りてくる。スタイルのよさを見せつけるようで、もうめちゃくちゃカッコいい。

「それじゃあ、出ようか」

玄関の前にはいつものベントレーではなく、深緑のボディのツーシーターのスポーツカーが停まっていた。

「ロータスだ…。カッコいい…」

「あんまり乗る機会がなくてな」

クレイグはハルトのために助手席側のドアを開けてやる。そして車を回って運転手席に戻った。そういう仕種も紳士然としていて、ハルトは胸がときめく。

ハルトはまだライセンスも持ってなくて、助手席からクレイグが運転するのを鑑賞することになって、その幸せを噛みしめていた。

暫く海岸沿いをドライブしたあとに、また街中に戻って、厳重な警備のある高級アパートメントに到着した。

「……ここ……」

「きみが気にしてたみたいだから、一度招待しておこうと思ってね」

ドアマンに車の鍵を渡すと、ハルトと並んでフロントに向かう。

ホテルのような広々としたロビーがあって、制服のスタッフが来客にお茶のサービスをしている。その一角に、ナタリーが話していたフラワーショップもあった。

フロントにはスーツ姿のコンシェルジュが二十四時間待機していて、あらゆるサービスを提供してくれるのだ。

ただホテルと違うのは、居住者とその関係者以外は入ることができないということだ。

「ロックハート様、お帰りなさいませ」

「用意できてる？」

「はい、すぐにでもお運びできます」

「そう。じゃあよろしく」

クレイグは郵便物を受け取ると、二人でエレベーターに乗り込んだ。

ロビーは広く、ガラス張りの廊下の向こうには手入れの行き届いた中庭が見える。わざわざ高級とつける意味がわかった。

「特に人を招くような部屋じゃないが…」

クレイグはそう云いつつも、ハルトを中に促す。

仕切りが一切ない広いワンルームで、センスのいい家具がクレイグらしい。書斎机の上は雑然としていたが、部屋そのものは清掃係によって綺麗に掃除されている。

「最近はずっとここを使ってる。とはいえ、専ら寝に帰るだけだが」

少なくとも、誰かと同居している匂いはまったくしない。ハルトは自分が勘違いしていることに気づいて、思わず目を伏せた。

「す、すみません。僕……」

「いや、誤解させた私も悪かった」

ハルトは恥ずかしくて、ふるふると首を振る。

「僕が勝手に誤解しただけで…」

「とりあえず座って」

クレイグがソファに座るよう勧めると、インターホンが鳴った。

「私が出る。きみは座って待ってて」

そう云い置いて、玄関に向かった。

ハルトはきょろきょろと部屋を見回して、クレイグを待つ。

すぐにワゴンを押した部屋係が入ってきて、サンドイッチを盛った皿や飲み物が、所狭しとテーブルに置かれる。

「こちらも」

小さな箱をテーブルの端に置いた。

「ありがとう」

クレイグが微笑んで、蓋を取ってハルトに見せた。

「わ……」

あのときと同じオペラだ。

「とりあえず、いただこうか」

クレイグはハルトのために紅茶を注いでやる。

「ここは何でも揃う。コンシェルジュに一本電話を入れるだけで、最速で手に入るようになっている。便利で気楽だから、仕事が遅くなるとついここを使ってしまう」

サンドイッチをハルトに勧めて、自分も食べる。

「そう。きみが気にしていたラベンダー色のドレスの女性だが、彼女は取引先のチーフディレクターで、うちの社の幹部スタッフと同棲《どうせい》している」

ハルトはそれを聞いて真っ赤になった。

「…す、素敵な人でした……」

「ついでに、そのスタッフも女性だ」

「……」

「確か、きみが中座する少し前に挨拶に来たと思うが…」

「そ、そうでしたか」

背中に冷たい汗が流れる。穴があったら入りたかった。

「きみが仕事に慣れるまでは、屋敷に帰るのは控えていたのだが、そのせいできみに誤解させてしまったようだな」

「…控えて？」

「きみが手の届くところにいて、自分が理性的でいられる自信がない」

思わぬ言葉に、身体が先に反応してしまって、ハルトから芳《かぐわ》しい匂いが漏れる。

それに気づいたクレイグの目が、僅かに細められた。

「…ほら、きみもすぐに反応してしまう。お互いそんなふうに抑止がきかなくなる」

「……」

「私はともかく、きみは仕事に差し障《さわ》るだろう」

恥ずかしくて俯《うつむ》いてしまうハルトの顎を持ち上げて、クレイグはしっとりと口づけた。

何度も唇を吸って、薄く開いた唇に自分の下を捩じ込ませる。ハルトからフェロモンが溢れて、更にクレイグを煽る。

「可愛いな…」

そっと唇を離すと、ベッドまでハルトを連れて行った。

「一般的には男性のオメガは発情期以外は身体が準備できてないから、セックスするにはダメージが大きすぎるという話も聞いた。それできみがもう少し慣れるまでは離れていた方がいいのかと思っていたが、考えすぎだったようだな」

そう云ってハルトと目を合わせようとする。しかしハルトは恥ずかしさのあまり、慌てて視線を伏せてしまう。

「だったら、週末だけでも屋敷で過ごせばよかったな」

あっという間にハルトの服を脱がせてしまって、自分もシャツを脱ぐ。

「…ねえ、今日はきみがしてくれないか？」

革パンツも脱ぎ捨てて下着だけでベッドに上がったクレイグは、ハルトの手をとって自分の股間に導いた。そして下着越しに自分のものを触らせる。

そうしながら、また口づける。舌に自分の舌をからみつかせる。

「しゃぶって？」

唇を離すとハルトの顎を掴んだ。

「私が昨夜きみにしたように…」

ドSな目でハルトを見据える。

「できるよね？」

嫌とは云わせない目で、ハルトを促す。

ローライズのボクサーパンツの股間が少し盛り上がっている。

ハルトは思わず、ごくりと唾を呑み込んだ。

嫌なわけではないのだが、もちろん初めてのことなので、どうすればいいのかわからない。

「焦らさないでくれ」

クレイグが薄く笑う。

ハルトは意を決して蹲《うずくま》ると、遠慮がちにクレイグの下着に手をかけた。ローライズなので少し押し下げただけで、ペニスが剝《む》き出しになった。

ハルトはそれに舌の先端を這わせて、ぴちゃぴちゃと舐め上げる。

「…仔猫みたいだな」

苦笑まじりに云って、ハルトの髪に指を埋める。

暫くそうさせていたが、さすがに焦れてきたようだ。

「…悪くはないが……」

いきなり引き寄せて、ハルトの顔を自分の股間に押し付けた。

「ぐっ…うっ……」

いきなり喉の奥まで捩じ込まれて、ハルトは噎《む》せそうになる。

Sのスイッチが入ってしまったのか、クレイグはそんなハルトを満足そうに見下ろす。そしてハルトの頭の位置を固定して、何度も腰を突き上げた。

上顎をペニスで擦られることに、妙な快感を覚えてしまう。

苦しくて涙が溢れてくるが、それでも上目づかいで見えたクレイグの恍惚《こうこつ》とした表情がセクシーで、ハルトはぞくぞくしてしまう。

クレイグの身体がぶるっと震えたかと思うと、頬張っていたペニスを引き出される。

クレイグはうっすらと笑いながら、迸《ほとばし》るものをハルトの顔にかけた。

「…可愛いよ」

涙とクレイグの放ったものでぐしょぐしょに汚された頬に、クレイグはキスをしてやる。

「可愛いと、虐めたくなる」

悪い男の目が、満足そうに細められる。

そして、もっとハルトを虐めるために、彼を四つん這いにさせた。

「お尻の孔《あな》、自分で広げてみせて？」

ハルトは慌てて首を振る。

「む、無理…」

しかし、クレイグがそれで許すはずがなく、黙ってハルトがそうするのを待つ。

無言のプレッシャーの前に、ハルトは為す術もなく、おずおずと自分のお尻に指を埋めるしかないのだ。

くちゅくちゅと指を出し入れするところを、クレイグに見られていると思うと、恥ずかしくて身体が震えてしまう。それでも彼に抗うことができないのだ。

「いい子だ」

クレイグはハルトが広げているそこに、自分の指も埋めた。赤く腫れて、いやらしく開いている。

ローションをたっぷり垂らして、奥まで塗り込む。そして硬くなった自分のペニスで、更に押し広げた。

「あ、あぁっ…んっ……」

ハルトは深いところまで捩じ込まれて、歓喜の声を上げてしまった。

大きなもので中を擦られるの、気持ちいい。ひどくされるのも、そんなに嫌じゃない。

クレイグが自分を求めてくれるのが、たまらなく嬉しい。

発情期のときのように自分の身体が自分じゃないみたいな感じとは違って、自分の意思で抱かれている実感があった。


ハルトはこれでクレイグが屋敷で生活するようになると期待していたのだが、海外出張が重なっているらしく、結局はこれまでと何も変わらなかった。

それでもクレイグにつがいだと認めてもらえていることを知ることができて、少し安心したし、自分の居場所が見つかった気がした。それに現実問題として、ハルトには役所での仕事に加えて、クレイグから任されたeクラブ関連の打ち合わせもある。

この週末もクレイグは帰宅できそうになく、それでもハルトはようやくアポがとれたリーザの研究室を訪問して有意義な時間を過ごした。

朝から少し身体がだるく微熱もあったので、そろそろ発情期なんだろうと思ったが、そのことはクレイグには云わなかった。タイミングが合わないときは仕方ないと思っていたからだ。

リーザに会うときに、念のためいつものピルと共に、抑制効果のある鼻炎薬をスプレーしておいたが、特に問題はなかった。

最近ではアルファの中にもトランス女性やトランス男性は当たり前にいて、女性名だからといって身体も女性とは限らないので、アルファ男性である可能性を考えて準備をすることにしていたのだ。

クレイグの予想どおり、リーザはハルトを気に入ったらしく、全面的に協力してくれることになった。

ほっとして帰宅すると、思わぬ客が彼を待っていた。

「ハルト！　久しぶりー！」

がばっと抱きついてきて、感動の再会のように大袈裟にハグをした。

「元気してたー？」

「ナツキ？　なんで？」

「遅いよ！　もう二時間も待っちゃった」

いきなり抗議されて、ハルトは思わず眉を寄せる。

「いや…、来るって聞いてないし。せめて来る前に連絡してくれたら…」

「サプライズのつもりだったんだけど」

ナツキは笑って返すと、ハルトの腕にするっと自分の腕を回した。

「ねえ、案内してよ。いいお屋敷だねえ」

ハルトははっとした。本当ならナツキが住むことになっていた屋敷だ。

「けっこう前から改装してるって聞いてたけど、完成するまで見せてくれなくてさ。びっくりさせたいからって云ってたけど、僕の方がびっくりさせちゃったよね、違う意味で」

そう云って声を上げて笑う。開けっ広げで、チャーミング。相変わらずだ。

ナツキがにっこりと微笑むだけで、クールなミセス・タナーも自然と笑顔になっている。

「急に来たのに、みんな親切にしてくれてさ」

「そう……」

「ケーキも美味しかったし」

無邪気に笑って返す。

ハルトは屋敷の案内を終えると、自分の部屋にナツキを招いた。

「何か飲む？」

「紅茶もコーヒーも飲みすぎて、お腹いっぱい」

ハルトは頷くと、ドアを閉めた。

「いいよね、黙っててもコーヒーが出てくるし、飲み終えたら片付けてもらえる」

そう云ってはいるが、べつに羨ましいがっているわけではないのだ。

「…急になに？」

ハルトはソファに座ると、じっとナツキを見た。

「そりゃ、ハルトに会いたくて」

嘘に決まっている。彼が自分に会いたいなんてことは、先ずない。話を聞いてほしいときは年に一度か二度ないわけではないが、一方的に聞いてほしいことを話しまくったあと、特にハルトの意見は求めず、吐き出したらスッキリしたと電話を切るくらいだ。

小さいときはいつも一緒にいたが、いつのまにか、そういう冷めた関係になっていた。

「…彼氏と喧嘩したとか？」

適当に云ってみると、ナツキはちらっとハルトを見て苦笑を浮かべた。

「わかる？」

「…やっぱりか」

ハルトは溜め息をついた。思ったとおりフィアンセのスコットが原因らしい。それを見たナツキがむくれた。

「えー、なんか僕が悪いと思ってない？」

「…ナツキは相手が悪いと思ってるときは、徹底的に攻撃して自分の有利に物事を進めるはずだ。けどそれをしないで愚痴りに来たってことは、自分でも悪いと思ってるから」

ハルトは表情も変えずに返す。ナツキは不満そうな顔でハルトを見ていたが、諦めてふっと苦笑した。

「さすが双子。わかってるよね」

「べつに双子じゃなくてもわかるって」

ナツキはふうっと息を吐くと、小声で話し出した。

「…実はピル飲んでないのバレちゃって。なのに生でやっちゃったから…」

いきなり生々しい話で、ハルトは動揺してしまう。

「アフターピル飲めば大丈夫だからって云ったら、すごい怒っちゃって」

どこから突っ込めばいいのか、ハルトはさすがに呆れた。

「発情期のときピル飲んでたら明らかに感度落ちるだろ？　だから飲みたくないんだよね」

「だったら…」

「いつもはちゃんと着けてやるんだけど、やっぱり生でやる方がずっと気持ちいいし！」

「いやいやいや、その考え方はダメだろ。そもそもアフターピルだって百パーセント避妊できるわけじゃないし、オメガ用はリスクは少な目とはいえ、そもそもアフターピルじたいがそれなりに副作用のある薬なわけで…」

「…僕だって毎回は飲んでないよ」

「避妊はいくつかの方法を重ねることでリスクを減らすのであって、アフターピルありきで避妊しないのはダメだろうって」

「…スコットも同じこと云ってた」

「誰でもそう云うだろ」

ナツキは子どものようにぷうと頬を膨らませた。

「そりゃそうだろ。アフターピルのリスクを小さく見積もってダメージ受けるのはおまえだし、それでもどうしても快楽を優先したいなら、それをスコットに相談しないと」

ナツキは更に頬を膨らまして、ぷいと横を向いた。

「…スコットもそう云ってた」

ハルトはバカバカしくなって思わず笑ってしまう。

「いい人じゃない。僕はむしろ安心したよ」

「……」

「夕食、食べてくだろ？　そのあと迎えに来てもらう？」

「…今日は病院に泊まりだって云ってたから無理」

「そっか」

「夕食は食べる」

ハルトは笑って、ミセス・タナーにそれを告げた。

「ねえ、泊まってっていい？」

無邪気に聞かれて、ハルトはさすがに躊躇した。自分の一存で決めていいものかどうか、わからなかったからだ。

が、迷っているハルトにナツキが云った言葉は衝撃的だった。

「クレイグには了解してもらってるよ」

「え……」

「歓迎するよって。ほら」

スマホを突き出してハルトに見せる。

『いつでも歓迎するよ。私も都合がついたら帰れるかもしれないから』

「え……」

クレイグがまだナツキとやり取りをしていること。そして週末は帰れないはずが、いつのまにか帰ることになっていて、そのことを自分は聞いてなかったこと。

自分はすっかり蚊帳の外にされていた。

「…クレイグがそう云ってるなら」

ハルトはそう云うしかない。

「やった！　着替えとか貸してね」

ちゃっかりと云われて、ハルトは苦笑する。

久しぶりなんだし、クレイグがナツキに会いたいと思ってもべつにおかしくないだろう。そう思ってはみるが、複雑だった。

「…今日は一人でいたくなかったんだ……」

ナツキがポツリと話し始める。

「気になる患者がいるからって、ちょいちょい病院で寝泊まりしてんの。おかしくない？　他に医師がいないわけでもないのに」

「…真面目なんだね」

「要領悪いんじゃないかと思う。そうやって良いようにコキ使われてんだよー。本人だけの問題なら勝手にしたらいいけど、僕までワリを食うのっておかしいでしょ！」

バンとテーブルを叩く。

これまでのナツキなら、そんな相手とは早々に別れているところだが、さすがに本命相手だと思うようにならないようで、ハルトはむしろそんなナツキにある種の感慨を覚えた。

「…でさ、ハルトのとこはベビーはどうすんの？」

「は？」

「ナニーとかにお任せするんでしょ？」

ナニーとは乳幼児教育の専門家のことで、保護者に変わって子どもの面倒を見る。

「…まだ、そういうことは……」

「そうなんだ…」

ナッキは軽い溜め息をついた。

クレイグとのことを根掘り葉掘り聞かれたらどうしようかとハルトは一瞬焦ったが、ナツキはそれ以上は興味なさそうだった。考えてみれば、ナツキは自分以外の人間のことに関心を持ったことはなかったのだ。それは双子の兄弟である自分も例外ではない。

「僕さ、ベビーができちゃってもいいんじゃないかって思ってんの。一番気持ちいい形でセックスしてそれでベビーができたら本望じゃん。つがいなのに、なんで避妊とかしなきゃなんないのかなー」

「それは…、ナツキがまだ学生だからじゃない？」

「僕が大学で真面目に勉強してるって思ってる？」

「それは思ってないけど…」

「でしょ。だったら中退しちゃってもいいじゃん。大学出て就職してってのは最初から考えてなかったし」

「……」

「って云ったら、スコットに呆れられた。僕の云ってること、おかしい？」

「それじゃあ、家庭に入って子育てしたいわけ？」

「は？　家庭に入るって？　意味わかんない」

意味わからないのはこっちだとハルトは云いたかった。

「ハルトには云ってないけど、僕、モデルみたいな仕事とか前からやってんの」

そう云ってスマホの画像を見せる。美貌を活かしたパフォーミングアートだった。

「オファーはいくらでもあって、打ち合わせはリモートでもできるし。ギャラはいろいろだけどそこはあまり関係なくて、べつに僕が家計を支えるわけじゃないし」

「……」

「ロックハートからのオファーもあるんだよ。今は断ってるけど」

ナツキの美貌を世間が放っておくわけがなかったのだ。

「スコットが、本格的にやるならちゃんと大学卒業してからにしろって。あいつ、ハルトと同じくらい頭固い」

「はあ？」

ナツキはいつもハルトのことを頭固いと云うが、ハルトにしてみればごく一般的な考え方であって、特別固くはないつもりだ。

「クレイグなんか好きにしたらいいって云ってくれてたのに」

その一言にハルトは更に引っ掛かった。

「じゃあ、クレイグとの婚約、破棄しなきゃよかっただろ」

「えー。だって、仕方ないじゃん。スコットは運命の相手なんだから」

「仕方ないって、それスコットに失礼じゃ…」

「なんで失礼なんだよ。スコットに代わる相手なんてないよ。だから理解してもらわないと困るんだよ。スコットんちはアルファの医者一族だから、オメガでしかも大学中退者は出来損ないって思われるわけ。その上で学生の分際で妊娠なんてした日には、何を云われるかってびびっちゃってる」

「……」

「そんなん勝手に思わせておけばいいのに、スコットは一族の中で肩身が狭い思いをしたくないんだよ」

「…ナツキに肩身の狭い思いをさせたくないってことでもあるんじゃ…」

「僕がするわけない」

ナツキは呆れたように返す。

それは確かにそうかもしれない。ナツキの絶対的な自信はどんな場面でも揺らがないのだ。ハルトはそれを思い出して、口出しするのはやめた。そもそもナツキは自分の話を聞いてほしいだけで、他人の意見など求めていないのだから。


夕食の支度ができたので、二人はダイニングに移動した。

久しぶりのせいかワインのせいか、夕食になってもナツキはいつも以上によく喋った。彼の口から出る知人や友人の中には著名な音楽家やダンサーもいて、その交友関係の広さにハルトは驚くしかなかった。

「アンカーのPVにも出てる。見る?」

「…アンカーって?」

「え、ハルト、アンカー知らないの?　マジで?」

ナツキは呆れて溜め息をついた。

「ハルト、ユーチューブ見たことないんじゃ…」

「あるよ」

「どうせ、大学のえらい先生の公開講座とか、そういうやつだろ」

「…そうじゃないのも見るよ」

「どうせ教養系ばっかだろ？」

ナツキは決め付けると、スマホで動画を見せる。

「アンカーは今一番注目されてるバンドで、新譜の再生回数、億超えだよ？」

そんな億超えのＰＶに女装して、そのヴォーカルとからんでいるのがナツキだった。

「実はさー、スコットにはこのＰＶのこと云ってないんだよね。撮影したのスコットと付き合う前だったし…」

なんでと聞こうとして、ハルトはあることに思い当たった。

「…ヴォーカルと付き合ってた？」

「付き合うって感じではないけど、何回かヤったかな」

にやっと笑ってみせる。

「でも良かったのは、こっちのギタリスト」

「はは…」

ハルトは力なく笑う。ちょっといい男は片っ端から試してみるのがナツキの主義だ。それも自分からは誘わず、誘われるように仕向ける。

そのとき、ふとあることに気づいた。気づくというより、自分で蓋をしていたものをうっかりと開けてしまったと云った方が正しいかもしれない。

それは、そんな主義のナツキがクレイグと寝てないわけがないということだ。二年半も付き合ってきて、何もないわけがないのだ。

クレイグが経験豊富なのは今更のことで、過去誰と付き合ったかなど気にしたこともなかったが、さすがに双子の弟となると冷静ではいられなくなる。

もしかして、比べられてるかもしれない…。そしてクレイグはやっぱりナツキの方が良かったと思ってるんじゃないかとか。

違う、そんなことない。つがいだって認めてくれたのはクレイグじゃないか。

そう思って、浮かんでくる悪い想像を全部頭から追い払った。

気にしない、キニシナイ…。

「ハルト様、旦那様がお戻りです」

ミセス・タナーに云われて、ハルトは慌てて顔を上げた。

「クレイグが?」

そう云ったのはハルトではなくナツキだった。

そして、すぐにクレイグが二人の前に現れた。

「お、おかえり……」

「わー、久しぶり！」

ハルトを差し置いて、ナツキががばっとクレイグに抱きつく。

「ナツキ、元気そうだな」

彼はそのままぎゅっとナツキを抱き締めた。

「ますます綺麗になってないか？」

「クレイグも、相変わらずカッコいいねえ」

ハルトはそんな二人を茫然と見つめていた。

「…お帰りなさい」

クレイグと目が合って、ハルトは慌てて云った。

「ただいま」

クレイグは微笑むと、ナツキから離れてハルトの頬に軽くキスをする。

それをナツキはニヤニヤ笑って見ている。

「旦那様、お食事は…」

「そうだな。ランチが遅かったので軽めに用意してくれるか」

「え、まだだったんだ！　ごめん、先に食べちゃって」

ナツキが返す。クレイグはそんな彼にふっと微笑んでみせた。

「いいさ。ぎりぎりまで帰れるかどうかわからなかったし」

「あ、僕今日泊まらせてもらうね」

ナツキがすかさず云った。

「…それはいいが、彼氏と何かあったのか？」

「べつにー。どうせ今日も帰ってこないし」

ナツキはぷいと視線を逸らす。

「…とりあえず着替えてくるよ」

クレイグはそう云うと、ダイニングを出ていった。

「クレイグって、ほんとカッコイイよねえ」

ナツキはそう云って、思わせぶりな笑みを見せる。

「びっくりしたんだけど、クレイグとハルトって、二人でいるとハマるよね。妙にしっくりくるっていうか」

「……」

「僕が辞退して正解だったってことかな。でしょ？」

ニヤニヤしながらハルトを見る。

「ハルトは女っ気も男っ気もないから心配してたけど、よかった」

「…べつにナツキに心配してもらわなくても」

「クレイグなら満点だよね。ハルトはしっかりして見えるけど、恋愛オンチだからリードしてくれる相手がいいって思ってたんだ」

それって、やっぱりクレイグがリードがうまいことも知ってるってことなのだろう。

ダメダメ、こんなこと考えちゃ。ハルトは、慌ててもう一度蓋をした。

「ねえ、あのゲストルーム、広くていいよね。暫く居てもいい？」

「は？」

「庭も素敵だし、撮影に使えるかも。ちょうど場所探してたんだよね。キャサリン様にも聞いてみたことあるけど、ちょっと立派すぎて」

「キャサリン様って…」

「ときどきメール交換してんの」

彼女の念願だったクレイグとの婚姻を一方的に破棄しておいて、どの面下《つら》げて…と思わずにおれないが、ナツキは気にもしていないのだ。そしてキャサリンもそんなナツキを可愛がっているようだ。

キャサリンはやっぱりクレイグの相手はナツキがよかったんだろうなと考えてしまって、胸がチリチリと痛む。

「この庭、クレイグの趣味？　キャサリン様のお屋敷みたく庭師ががちがちに手をかけてる感じじゃないのが、逆にいいんだよね」

クレイグは滅多に帰ってこないから、庭のことなんか気にしてないだろう。定期的に手入れしてもらってはいるものの、それほど頻繁ではないし、ハルトもあまり気にしたことはない。

「…クレイグに聞いてみたら？」

ハルトがそう云ったのと、クレイグが戻ってきたのはほぼ同時だった。

スーツもカッコよかったが、細身のシャツにデニムというのも新鮮で、たまらなく素敵だとハルトは思った。

「私がどうかしたか？」

クレイグに聞かれて、ハルトは仕方なく云った。

「ナツキが撮影に庭を使いたいって…」

「ポスター撮影」

ナツキは、ハルトに話したよりも詳しく、クレイグに自分が関わっている仕事を説明した。

二人のやり取りを聞いていてハルトがショックだったのは、クレイグはナツキがモデルのような仕事をしていることをとっくに知っていたことだ。

そりゃ婚約までしていたのだから当然なのかもしれないが、ハルトは云いようのない疎外感を覚えてしまう。

ハルトが知らなかったアンカーだけでなく、クレイグは最近のミュージックシーンにも詳しく、ナツキとは好みも合うようだ。

クレイグはとっておきのワインを開けて、ナツキもすっかり上機嫌だ。

ハルトは発情期が近いので、ワインは殆ど飲まなかった。せっかくクレイグが帰ってきたのに…と思うが、クレイグはナツキが来ているから無理して帰ってきたのかもしれない。

ダメだ。こんなことを考えるだけで哀しくなる。

軽い頭痛までしてきて、最悪だ。それを二人に悟られないように、何とか微妙な笑顔を貼り付ける。

ナツキがいるといつもそうなる。いつも話題はナツキが中心で、ハルトはたとえ興味がなくても合わせないといけない。退屈そうな顔をして場をしらけさせたらいけない。ずっとそんなふうに思ってきた。

自分以外のみんなが、ナツキが話すならどんな話題でも耳を傾ける。だからその邪魔をしてはいけないのだ。

クレイグがナツキを選んだときも、二人のデートの話をナツキがしているときも、笑みを貼り付けて聞いていた。あのときの息苦しさが蘇る。

自分が卑屈に思えて、嫌な考えを追い払おうとした。そのときだった。

「旦那様、スコット・ウィルソンと仰る方がいらっしゃってますが」

ミセス・タナーが、淡々と来客を告げた。

ナツキは驚いてミセス・タナーを見た。

「彼氏？」

クレイグがナツキに聞く。

「…追い返していいよ」

「そうはいかないだろう。入ってもらって」

「クレイグ！」

「私も一度会ってみたかった」

クレイグはそう云って微笑んだ。それを見てハルトは少し嫌な予感がした。

まさか、スコットはナツキに相応《ふさわ》しくないとか何とか云って、ナツキを取り戻すとか、そういう…。

心臓がばくばくしてきた。

どうしよう。そんなことになったら……。

「ハルトは会ったことあるのか？」

「いえ。まだ……」

「それじゃあ挨拶しておかないとな」

クレイグが何を考えているのかわからない。

そこに、ミセス・タナーがスコットを案内してきた。

母が以前云ったように、クレイグとはタイプが違うが、控え目に云ってもかなりのイケメンだとハルトも思った。

門から玄関まで走ってきたのだろうか、少し息が荒い。

「お、お食事中に失礼いたします」

スコットは礼儀正しくお辞儀をして、そしてナツキを見る。

「迎えに来たんだ」

「…頼んでないし」

むうと膨れるナツキに、スコットは弱り切った顔をしていた。が、クレイグに気づいて慌てて深々と頭を下げる。

「申し遅れました。スコット・ウィルソンです。ロックハートさんですね、お噂はかねがね」

「クレイグと。…きみもスコットと呼んでも？」

「あ、はい」

スコットはちらちらナツキを見ているが、ナツキはぷいと横を向いたままだ。

「スコット、私のパートナーを紹介しよう」

ハルトは慌てて立ち上がった。

「…ハルトです。ナツキがお世話になってます」

「あ、貴方が！　ご挨拶が遅れました。スコット・ウィルソンです。お食事中に本当にすみません」

恐縮しまくるスコットにクレイグは椅子を勧める。

「彼にグラスを」

「え、いえ、車を待たせているので。ありがとうございます」

そんな彼をナツキは冷たい目で見る。

「帰ればいいじゃん。どうせまた病院に戻るつもりなんだろうから」

「いや、当直医にちゃんと断ってきたから。当直医からも、当直以外で病院に寝泊まりし始めたら末期だって注意された。反省してる」

「…遅いよ」

「ごめん」

「今後、僕を蔑ろにしないって誓える？」

「もちろん。二人の前で誓うよ」

スコットは神妙な顔つきで宣誓のポーズをとった。

そんなやり取りに、ハルトは言葉もない。

「…酔ったから歩けない。車まで抱いてって」

女王様のように命令するナツキに、ハルトは呆れ返ったが、スコットは即座にナツキを抱き上げた。

「あの、お邪魔しました。このお詫びは後日に…」

ペコペコと頭を下げる。

そんな二人をクレイグは笑って見送る。

「あの、ちょっとすみません」

ハルトはクレイグに断ると、二人の後を追った。

「スコット、車は…」

「あ、門の外で待ってもらってます」

「僕が呼んでくるよ。待ってて…」

「いえ、平気です。そのくらい……」

「…じゃあ、一緒に」

ミセス・タナーに断って、門まで歩く。

「なんか、ほんとにすみません。わがままな弟で」

思わず謝ってしまう。そんなハルトをナツキはむっとした顔で見る。

「ハルトが謝ることないよ。悪いのはスコットなんだから」

「まだそんなことを…」

「いいえ、そのとおりなんです。仕事優先になってしまって。ほんとに反省してます」

「あー、そうやってナツキを甘やかすのは…」

「いえ、私が彼を甘やかしたいんです。世界一綺麗で可愛い彼を…」

スコットの腕の中で、ナツキは勝ち誇ったように笑ってみせる。ハルトは乾いた笑いを浮かべるしかない。

「それより、こんな形でお会いすることになってしまって…。ロックハートさんにも申し訳なくて」

「気にしないで。それより是非二人で遊びに来てください」

「はい。必ず」

門の外で待っていたタクシーに、スコットはナツキを抱き入れる。

「お休みなさい。ロックハートさんによろしくお伝えください」

再び深く頭を下げると、自分も乗り込んだ。

乗り込んでからも、スコットは何度も頭を下げていた。

ハルトは二人を見送って、屋敷に戻る。

あんなだから、ナツキは一生反省なんかしないいんだろう。彼の周囲には彼を肯定する人しかいない。でもそれでいいんだろうなと溜め息をつく。

玄関の扉が開いたままになっていて、クレイグが彼を出迎えてくれた。

ハルトは慌てて中に入る。

「人騒がせな二人だったな」

優しく微笑んで、ハルトの唇にしっとりと口づける。

「これでやっと二人きりになれる」

ハルトの手をとって、指をからめると階段へと促した。

「すっかりナツキに骨抜きにされてるな。まあでも、思ったより早く来てくれてよかった」

ハルトは驚いてクレイグに視線を向けた。

「…もしかして、クレイグがスコットを呼んだ？」

「ああ。せっかく久しぶりに帰れることになったのに、ナツキが泊まるときみが落ち着かないだろうと思ってな」

「…ナツキに泊まっていいってメールで…」

「そのときは帰れそうになかったからな。それなら兄弟水入らずでゆっくり過ごすのもいいかと思ってな」

「……」

「それが、予定が一件キャンセルになって事情が変わった」

寝室にハルトを招き入れる。

「今後はもうちょっと余裕を持ってスケジュールを入れるようにしないとな。きみが文句を云わないのをいいことに…」

「も、文句なんて…」

ソファに座らせると、ハルトの髪を撫でた。

「きみはわがままひとつ云わないな」

ハルトの手をとって、細い指にキスをする。ぴくりとハルトの身体が震える。

「たまには、わがままくらい云うといい」

「…ナツキみたいに？」

つい口にしてしまった名前に、クレイグは苦笑を浮かべる。

「そうだな。ハルトのわがままなら聞いてみたい」

つまらないことを口にしてしまって、ハルトは小さく首を振る。

「…ハルトは、私にわがままを云ったら怒らせるとか思ってないか？」

「そんなことは…」

仕事だとわかっているのに、自分を優先してほしいと思ったことはないし、そんなことを不満に思ってるわけじゃない。…ただ、少し寂しかっただけだ。

「…私はきみに寂しい思いをさせてないか？」

ハルトは心を覗かれたようで、どきっとした。

すぐに否定できず、それは肯定したことになってしまった。

「そう云えばいい」

「でも……」

「云ってほしい。きみはあまりベタベタするのは好きではないのだろうと思っていたよ。きみからメールも来なかったし」

「そ、それは…！　何を書けばいいのか…」

慌てて云い返して、そして口ごもってしまう。

何度も書いては消して、結局送らなかったことが何回あったか。しかし、結果的に送らなかったのだから、クレイグにそれが伝わるはずがない。

「…つまらないことを書いて、ナツキと比較されたくなかったから」

「ナツキと？」

「ナツキは気が利いた話ができるから…」

「…ああ、そうか。確かに前に私もずいぶんなことを云ったな」

自分で思い返して、溜め息をつく。

「きみのことをいろいろと誤解していたから…。あのときはナツキが結婚相手なのは何かと都合がいいと思っていて。何より、彼は結婚後も干渉し合わないという条件に積極的で、だからうまくいくと思ってたんだ。婚約しているときも、私の別荘に恋人連れ込んで楽しくやっていたようだし」

初めて聞く話で、ハルトは驚いた。

「なにそれ…。ひどい…」

「まあ仕方ないというか、正式に籍を入れるまでは、身体の関係は持てなかったから仕方ない部分もあって…」

「……え？」

さらっと云われた言葉を、ハルトは思わず聞き返した。

「ナツキから聞いてないか？　もちろんきみに対しても同じだが」

ハルトは黙ってふるふると首を振る。

「そうか。まあこのことはきみら双子には公式には伝えられてないことで、あくまでも私に対しての禁忌《きんき》事項でしかない。ナツキはとりあえず試しに一度寝てみたかったようなので、敢えて説明したわけだが」

ハルトは言葉もなかった。

「そうか。ハルトは私がナツキとも寝てたと思っていたのか。それはちゃんと説明しておくべきだったな」

クレイグは慈しむような目でハルトを見る。そして彼の手をとると、優しくキスをした。

「ナツキに嫉妬していた？」

ハルトの手が少し震える。それをクレイグがぎゅっと握りしめた。

「…してた」

掠れた声で、認める。

クレイグは目を細めると、ハルトを覗き込むようにしてその唇に自分の唇を押し当てた。

「不安にさせて、悪かった」

ハルトは小さく首を振った。

「…もっとベタベタしていいか？」

息がかかるほどの距離で囁かれて、ハルトは恥ずかしそうに頷く。

「そうか。きみは可愛いな」

そのとき、ハルトはこれまで感じたことがないような、ふわふわした幸福感がじわじわと押し寄せてきた。

「もっときみのことが知りたい」

さっき以上の幸福感に満たされて、ハルトは無意識のうちに涙がこぼれてきた。

「どうした…」

「す、みません…。嬉しくて」

ハルトの素直な言葉に、クレイグは一瞬目を見張った。が、すぐに微笑むと、彼を抱き上げてベッドに運んだ。

「…きみの発情期を心待ちにしていた」

ベッドにそっと下ろすと、低く囁く。

「早く、きみを私のつがいにしたくて…」

ハルトの背中に、痺れが走った。

「クレイグ…」

オメガが発情しているときに、その柔らかくなったうなじにアルファが深く歯を立てることでつがいは成立するのだ。

クレイグはハルトの唇をぺろりと舐めると、舌を差し入れた。

「あ……」

ハルトの舌を捕らえて、からみつかせる。

「…ん、んんっ…」

クレイグの情熱的な口づけに、ハルトは翻弄される。

既に甘いフェロモンが溢れ返っていて、クレイグの鼻孔をくすぐる。その匂いに、思わず眉を寄せてしまう。

「…たまらないな……」

独り言《ご》ちて、ハルトから離れてシャツを脱ぎ捨てた。

既にハルトの準備は整っていた。そして、それにクレイグが火を点ける。

「…いつでも大丈夫？」

くすっと微笑すると、ハルトに馬乗りになって彼の両手に指をからめて自由を奪った。

「…私のものにしていいか？」

既に答えはわかっているが、敢えて聞いた。

ハルトの目が大きく見開かれる。その彼の視線に、クレイグは自分の視線を合わせた。

「ハルト、きみを私のものにするよ」

射抜かれたように、ハルトは動けない。

ハルトもまた本能的に悟っていたのだ。自分はこの男のものだと。

彼はまるで金縛りにあったように、目を伏せることも声を出すこともできなかった。

永遠に続くようなその金縛り、しかし一瞬のうちに解放されて、ハルトはからめられた指を握り返していた。

「…つがい、に、して……」

掠れた声で、それでも云った。

「うん」

クレイグの微笑に、ハルトは噎せ返るほどのフェロモンを溢れさせた。

それをもろに吸い込んで、クレイグはくらりと眩暈がした。と同時に、彼もスイッチが入ってしまう。

本能が理性を上回る。自分で制御できなくなる。

食らいつくようにハルトに襲いかかって、柔らかい肉を味わう。これ以上ないほど張り詰めたペニスを、容赦なく彼に突き立てた。

「あ、クレイグ……」

少し苦しそうなハルトの声に、何とか理性を取り戻そうとするが、ハルトの声に甘い余韻を嗅ぎ取って、そのまま欲望に流されてしまう。

それはハルトも同様で、クレイグのフェロモンに煽られて、自分からも欲しがってしまっていた。

発情しているハルトのそこはうねっていて、反り返るほどに勃起したクレイグのペニスを容易に受け入れてしまう。

更に奥まで突き入れられても、内壁はそれに吸い付いて、強く弱く締め付けるのだ。

所謂、名器というやつだ。

経験の浅いハルトだが、それでも発情期にオメガは、アルファを悦ばせる術をとっくに知っているのだ。

荒れ狂うような快感の波にただただ呑み込まれて、何度目かの挿入のとき、クレイグは強い衝動に突き動かされて、ハルトの滑らかなうなじに、鋭い歯を突き立てた。

「っ……！」

一生に一度きりの鋭い痛みに、ハルトの身体が強張った。

クレイグは安心させるようにしっかりと抱いて、突き立てた歯を引き抜いた。

「もう、私のものだ」

ハルトのうなじに滲む血を、舐め取ってやる。

そのとき、いきなりスパークした。

ハルトはその閃光《せんこう》の正体がわからないままに、思わず目を閉じた。

「な、に……」

頭の中にいくつもの情報が飛び込んできたのだが、その殆どを受け止められずに、暫く膠着《こうちゃく》状態に陥っていた。

「…動くぞ」

囁かれて、はっとした。

自分の中に埋まったクレイグが、内壁を擦り始める。

「あ、あっ……」

弱いところを何度も擦られて、ハルトは歓喜の声を上げてしまう。

さっきのあれが何だったのかわからないまま、しかしハルトはそのことを考えるのをやめてしまった。

ただ、クレイグが与えてくれる快感の波に溺れていく。

この日もハルトはいつものようにピルを服用していたが、ヒート状態に陥ったクレイグのフエロモンの前にそんなものは何の役にも立たなかった。

ハルトは自分でも信じられないくらい、何度もクレイグを欲しがってしまうのだ。

互いのフェロモンが誘発しあって、底なし沼に吸い込まれていく。

「クレイグ…」

シーツに組み敷かれて、ハルトはうっすらと目を開ける。

彫刻のような美しい裸体のクレイグが、自分を見下ろしている。

恥ずかしくて目を合わせられないが、クレイグの身体をもっと見ていたい。朦朧とした頭でそんなことを考えてしまう。

視線をクレイグの腹筋あたりに下げると、彼の逞しく勃起したペニスが飛び込んできて、慌てて視線を逸らしてしまう。

「何を見ていた?」

揶揄うようなクレイグに、ハルトの陶器のような滑らかな白い肌に赤みが差した。

「…いやらしいことを考えてた?」

慌てて首を振るハルトを、クレイグはおもしろそうに眺める。

「でも、奥が濡れてきてるぞ」

ハルトの孔に指を入れて中を押し広げると、とろりと愛液が滲み出る。

「ほら、もう欲しそうだ」

さっきから何度もクレイグのもので広げられたそこは、柔らかく濡れて、再び物欲しげにひくついている。

何度いかされても、またすぐに欲しがってしまう。発情期のオメガは際限がない。そんなオメガを満足させられるのは、アルファだけなのだ。

クレイグはハルトの内腿に手をかけると、大きくそこを広げて奥を晒した。

「可愛いな…」

囁くと、自分のペニスを入り口に擦り付ける。

ハルトのそこはいやらしく開いて飲み込もうとするが、クレイグは先端でぐりぐりと押し付けるだけだ。

「ク、クレイグ……」

泣きそうな声で彼を誘うが、簡単には与えられない。

クレイグは少し意地悪な目で、ハルトの淫靡な表情を堪能している。

「すごく、いやらしくて、可愛い」

「は、はや、…く……」

うわ言のように呟く。

「ハルト、私を誘ってみろ」

どうしていいのかわからず、ハルトは小さく首を振る。

「できるだろ?」

あんなに何度もイかされたのに。なのに、まだ欲しいなんて。

しかし身体の疼きが止められない。早く、早く何とかしてほしくて…。

「クレイグの…、僕のお尻に……」

自分でも何を口走っているのかわかってなかった。

が、クレイグは満足げに微笑むと、ご褒美のように奥まで捩じ込んだ。

「あ、あああっ……!」

濡れた声を上げて、彼を受け入れる。

ハルトの中は自在に緩んでクレイグのペニスを呑み込んで、そしてまとわりつくようにしっとりと締め付ける。クレイグが腰を使うと、中がうねるようにそれに合わせる。

クレイグはハルトに口づけながら、思うさま彼を貪った。

ガードナーの祖先は東洋から渡ってきて、この土地に根を張った。

東洋からの珍しい織物や陶器や装飾品を中心とした貿易を行い、王室にもそうした品を献上したところいたく気に入られ、少しずつこの地での地位を築いていった。

何代もここで代替わりして、東洋の血はすっかり薄まったかに見えたときに、先祖返りのような黒い眸を持つオメガの双子が誕生した。今から数百年ほど前の話だ。

当時は貴族の間では双子は禍《まが》を生むと忌憚《きたん》されていて、ガードナー家でも世間には公にはせずにひっそりと育てていた。

艶やかな黒髪と濡れた黒い眸の双子は、少女のように可憐で華奢なまま十六の誕生日を迎えたが、そのときに初めての発情期がきて、オメガであったことがわかった。

貴族の家に生まれたオメガは、王宮に住まう王族たちの愛人となることが一般的で、王族に愛され王族の繁栄のために子を為すことは、このころの価値観では特に悲劇的な選択ではなかった。

何より、その家は王室からの保護が約束されてもいて、下級貴族の家にとってはむしろ喜ばしいことでもあった。

王宮で、双子は大切にされた。

二人はそこではガードナーの姓を名乗ることはなく、名前も新しく用意されたものを使用することになっていた。

王族たちの愛人となって、王宮内に快適な部屋がそれぞれに与えられ、森まで続く広い庭を自由に楽しむこともできた。

彼らは乗馬が得意で、王子の友人たちと乗馬を楽しむことも許された。

その友人たちの一人である貴族の青年に、双子の兄は恋をした。誰にも知られることのない片思いだった。そして双子の弟も、もうすぐ結婚する王子に恋をしていた。

双子の想い人は、どちらもオメガである双子を抱こうとはしなかった。貴族の青年にも許嫁はいて、完全な双子たちの片思いだったが、彼らにとってそれは当たり前のことで、何を期待するわけでもなかった。

当時は周辺諸国との戦争が絶えないときで、有力貴族であるロックハートも王命を受けて闘いに加わることになった。

ロックハートは武勇に秀でていて、王室からの信頼も厚い。しかし敵軍は周辺国と同盟を結んで軍隊を拡大してきて、ロックハートが指揮する軍の戦況は徐々に不利に傾いていった。

態勢を整えるべく一旦退くことにしたが、最短の退路には難所の多い山が立ち塞がり、既に日も暮れかけていた。通常であれば迂回するところだが、山を越えれば数時間の距離が、迂回すれば二日よけいにかかることになる。とはいえ、山で遭難すれば元も子もない。

逡巡《しゅんじゅん》しているところに、二頭の馬が山を越えてきた。

馬を操っているのは、ガードナー家の双子だった。

二人は、もう長くないと云われた祖母を見舞うために暇をとって駆け付けたところだった。

「誰だ？　どこに行く？」

呼び止められて、馬を止めた。

「もしや間者では…。どこから来た？」

乱暴に馬から下ろされて、当主の元に連れて行かれる。

兄は慌ててフードを外した。

「…アレンと申します。こちらは弟のクリス。祖母の見舞いでまいりました」

当主はアレンの想い人にそっくりだった。彼の父に間違いないと一目でわかった。傍に仕えるのは長男らしく、つまり想い人の兄になる。

アレンはこの偶然に驚きつつ、身を引き締めた。自分たちも何か手助けできることがあるかもしれないと思ったのだ。

「この山を越えてきたのか？」

「はい。一番の近道なので…」

当主は、家臣たちや長男と何やら話をしていたが、すぐに二人に向き直った。

「見舞いの途中で悪いが、今からこの山を案内してもらう。我らはいち早くこの山を抜けなければならない」

暗闇を進むというのか。双子は慌てて顔を見合わせた。

ロックハートたちは何も説明しなかったが、王宮で暮らす双子たちはいろいろな噂に通じている。なのである程度の事情は推察できた。きっと追手が近づいているのだろう。

当然、ロックハートが率いる軍がここで滅ぼされたら、国が危うくなる可能性がある。そうなればロックハート家もそして王宮の王子たちも無事ではいられなくなるだろう。

父や兄に何かあったら、
クリスも、周辺国に支配されたら王子はどれほど嘆くことになるだろうかとアレンは思った。また二人は一瞬目を合わせるだけで、自分たちのすべきことを理解し同意した。

「無事に山を越えることができれば、褒美をとらす」

ロックハートは双子に約束をして、念のためと二人の身体にそれぞれロープをかけてその先を家臣の馬に繋げた。

「出し抜かれては困るからな。悪く思うな」

「後ろからも狙っている。妙な気は起こすな」

家臣たちからも云われて、二人は小さく頷いた。

そんなことをしなくても自分たちはこの軍を案内すると云いたかったが、この状況で信じてもらえるとも思えなかったので黙っていた。

二人は来た道を引き返し始めたが、あっという間に辺りは暗闇に閉ざされた。

山はやがて夜の顔を見せる。双子たちは何度も通った道だったが、それでも昼と夜では全く違っていて、彼らに不安が押し寄せる。夜の山に対する恐怖と自分たちの肩にのしかかる責任に押し潰されそうになる。

お互いを励ますように何度も視線を合わせて、双子は馬を並べて誘導した。が、途中から道は狭くなって、一列しか通れなくなる。二人は先頭を交代しながら、夜の山を進んだ。

すぐ後ろからロックハートの家臣が道を照らしてくれて、辛うじて少し先が見える。二人は何度も相談しながら、馬を進める。

そして数時間後には、無事に山を下りることができた。

「見事な働きだ。感謝する」

ロックハートは安堵の表情で、双子を称《たた》えた。そしてロックハートの家紋と署名入りの羊皮紙を彼らに差し出す。

「これを渡しておこう。困ったことがあればいつでも訪ねてくるといい。必ず力になると約束しよう」

そう云って謝礼を用意させようとするのを、双子は断った。

「お役に立てて光栄です。もしできれば少しだけ食料を分けていただけますか。二人分と馬の分を。それだけで充分でございます」

「軍の方たちにはいつも守っていただいております。そのご恩を返すのは当たり前のことと両親から教わりました。お礼などは必要ございません」

二人の慎ましい態度に当主は大いに感銘を受けて、この戦が落ち着いたら必ず屋敷を訪ねるようにと約束させて、先を急いだ。

二人は馬に餌をやって休息させて、自分たちも食べ物を胃袋に収めると、夜明けを待って再び山を越えて祖母の家に向かった。

が、二人は祖母の家まで辿り着くことは叶わなかった。

このとき、二人の両親は彼らが祖母のもとに向かっていたことを知らず、ずっと王宮に居ると思っていたため、彼らが消息を絶ったことを暫く知らずにいた。

二人の遺体が発見されたのは、それから数か月もたってからだった。

着ていたとされる衣装から双子であることが断定されたが、既に二人とも白骨化していたのだ。崖の下で見つかったことから、道を誤って足を滑らせたのだろうと思われた。

戦争で世の中が混乱していたときだったので、双子の死は山中での不幸な事故と片付けられたのだった。

一方で、ロックハートの軍を追っていた敵兵の報告書には、双子が消息を絶った日にあの山で何が起こっていたかの記述があった。

彼らの軍は、山越えと山を迂回するルートとで軍を二つに分けて、ロックハートを追い詰めるつもりだった。しかし山越えの隊が山中で道に迷って奥深い山に入り込んでしまい、何日も山を彷徨《さまよ》うことになってしまった。

崖から滑落したり、沢を進むうちに滝で阻まれて脱出できなくなって、命を落とした者も少なくない。

何とか逃げ帰った兵の報告書がまとめられている。

『何ともよい香りに誘われるように馬を進めると、そこには人間とは思えぬほど美しい妖精がひらひらと舞うように自分たちに手招きしていた。兵士は先を争うように追っていって、気付いたら自分たちがどこにいるのかがわからなくなってしまった』

『妖精を追い詰めることができた者が、その甘い蜜を吸おうと襲いかかったが、妖精は彼らに捕らえられる前に崖から舞い降りた』

軍はその聞き取り調査の結果、極度の疲労が見せた幻想だろうと結論付けた。

指揮官が疲労回復のために配ったらしい麻薬のせいだとも思われたが、その指揮官たちは生きて戻ることができなかったため、真相は闇の中だ。

そしてそれらの記録は、歴史の片隅に片付けられてしまった。

ロックハートが指揮する軍は無事に王宮に辿り着いて、すぐさま軍を立て直して別の軍とも合流すると、迂回して追撃する敵軍を見事に返り討ちにした。その功績によって、国内での確固たる地位を築くことになった。

ロックハートの当主は、危機を救った黒髪の双子がガードナー家の人間だとは知らず、ただ二人が屋敷を訪ねてくれれば充分なもてなしをするよう家の者に伝えた。

ロックハート家の次男は、黒髪の双子と聞いて王宮で会った彼らのことではないかと思ったが、父から聞いた名前が自分が知っている名前とは違っていたこともあって、特に調べたりはしなかった。オメガが愛人として王宮に入るときには本名ではない別の名前が与えられていたのだが、彼はそのことを知らなかったのだ。

その後も双子がロックハート家を訪れることはなかったし、何より国中が混乱していた時期でもあったため、そのうちに忘れられてしまった。

ただ当主の日記に『黒髪、黒い眸の双子はロックハートを幸運に導く』とだけ記された。

有力な貴族が没落することなく現代まで続くまでには、そうした幸運に支えられたという出来事は数えきれないくらいにあって、しかしその殆どは藻屑となって消えていくのだ。

黒髪の双子のことも、そんなふうに忘れ去られたはずだった。

キャサリンがビジネスの世界から一線を退く数年前に、辺境の地に残された荒れ果てた城の地下室からある文書が発見された。

ロックハートが管理する城で、以前は夏の間の別荘として使われていたようだったが、いつしか使われなくなっていた。

ところが、最近になってその城の地下室に価値の高い文献が残されている可能性が高いことがわかって、調査が行われたのだ。

ロックハートの歴史を研究している史実家が調査にあたったところ、その中に何人かの当主の日記らしきものが見つかった。その報告を受けたキャサリンは、充分な謝礼を用意して調査を急がせることにした。

多くの学生たちの手を借りて、資料は急ピッチでまとめられた。

その中に、年代の違う二人の当主による『黒い眸、黒髪の双子』にまつわる記述が見つかったことがキャサリンに報告された。

その報告書を目にしたときに、キャサリンは胸のざわつきを覚えた。

自分にとってもロックハートにとっても、これは見過ごしてはいけないことだと強く感じたのだ。自分がその双子のことをもっと詳細に調べなければと。

そして更に調査を進めていくうちに、かつて王宮とも交流のあった旧家に、十数年前に双子の男子が誕生していたという情報に辿り着いた。

キャサリンは彼らの最近の写真を見た途端、鳥肌が立った。

そこに映っていたのは、艶のある黒髪と黒い眸を持つ、オメガの特徴がよく表れている可憐ともいえる容姿の少年たちだった。

彼女の中のロックハートの血が、彼らで間違いないと云っている。

その彼らこそが、ガードナー家の双子だった。

キャサリンは直感的に、双子をロックハートの嫁として迎えるのが一番いいと考えた。

それでも彼女は慎重に裏付けを行い、改めてガードナー家のことも調べた。王宮に残されている資料もそれなりにあって、彼らが捜していたのはガードナー家の双子で間違いないと結論付けられた。

その最終報告書をキャサリンが手にしたときに、双子は十八歳になっていた。

クレイグとナツキが婚約した後も、キャサリンは引き続き過去の双子たちのことを調べてはいたが、それでも彼らがロックハートのためにしてくれたであろうことの詳細はいまだにわからずじまいだ。

ロックハートの軍を助けた双子の名前は、ガードナー家の記録には残されていなかったからだ。それは少し前まで双子のオメガは忌憚された存在だったため、子孫のために敢えて記録を残さなかったのかもしれない。

キャサリンの調査はそこで手詰まりになってしまった。さすがに隣国に残るはずの記録にはまだ辿り着いていない。

それでも、二人の婚姻が整ったことで、キャサリンは大きな役目を終えたと感じていた。

しかし、実はそれで終わったわけではなかった。

「ハルト、飲むか？」

クレイグのベッドで目を覚ましたハルトに、砂糖抜きのカフェラテを差し出す。

「…ありがとう」

ハルトはそれを受け取ると、小さく微笑んだ。

昨夜はクレイグのアパートに泊まったのだ。ここだと自分たち以外誰もいないので、このカフェラテもクレイグがハルトのために淹れたものだ。そんなことに、ハルトはこれ以上ないほどの幸せを感じる。

もちろん屋敷での生活も快適で不満があるわけではないが、たまにはここで二人きりで過ごすのも悪くない。

「ほんとに綺麗になったなぁ」

クレイグはハルトをじっと見つめると、ピンクの唇に口づけた。

ハルトがクレイグのつがいになって二週間ほど。何がどう変わったのか特に本人にはよくわからないのだが、明らかに印象が変わった。

ちょっとした表情がどこか艶っぽく、オメガらしい愛らしさもこれまで以上に増して、その美貌はナツキに勝るとも劣らないものになっていた。

さすがに職場でも二度見されたり、何か云われてるようで居心地よくはなかったが、それらを代表してラリーが遠慮なく聞いてきたのだ。

「…メイクでもしてんじゃないかって云われてるぞ」

不躾さをギリギリで回避するコミュニケーション能力の高さで、ラリーはあっというまにハルトとの距離を詰めてきて、いつのまにかランチも一緒にとることが増えている。

「それじゃあ、そういうことでいいよ」

「でも俺は他の原因に気づいてるけどね」

「は？」

ラリーはにやりと笑うと、ハルトのシャツの襟首に指をかけてくいと下げた。ハルトが慌ててそれを阻止する。

「…やっぱ、つがいにされちゃった？」

「……」

ハルトは首に手を当てたまま黙ってラリーを睨むが、それは迫力がないどころかむしろ可愛く見えてしまって、ラリーは思わず苦笑してしまう。

「クレイグも迂闊だと思うな。つがいにするんなら、入庁前にしとけばいいのに」

ラリーの言葉にハルトは何も反論できずに、そのまま固まってしまう。

「あ、今のはオフレコね。こんなことをクレイグに知られたら、自分のコネクションすべてを使ってこの庁から摘まみ出さされちゃうかも」

「そんなわけが……」

「あの人ならやりそう」

「まさか…」

フルフルと首を振って否定するハルトに、ラリーは声を落として耳打ちする。

「だって、しれっとおソロのスーツ着させちゃう人だぜ？　めちゃめちゃ独占欲強そう」

それはラリーの勘違いだと思って、ハルトはちょっと眉を寄せる。それを見たラリーは、どこかおもしろそうに笑ってみせた。

「ま、とりあえず、みんな悪口云ってるわけじゃないからさ。ロックハート様と一緒にいるだけで磨かれるんじゃないかって前向き発言もあったよ」

「…それはどうも」

「癒しだと云ってる奴も多いし」

「……」

「まあ、そのうちみんな慣れるよ」

それはそうだろうが、実は毎日鏡を見てる自分が一番まだ慣れないでいたのだ。

「役所で何か云われたりはしないか？」

クレイグの言葉に、ハルトはラリーとのやり取りを思い出してドキッとした。

「な、何も」

慌てて否定するハルトに、クレイグは少し心配そうな顔になる。

「本当に？」

「ラ、ラリーもそのうちみんな慣れるからって…」

「ラリー？」

クレイグの眉がちょっと上がる。

「ラリーに何を云われた？」

「や、だから、そのうちみんな慣れるって…」

「他には？」

云えるわけない。つがいのことがバレたとか、入庁前にどうのとか…。

「な、何も…」

クレイグの目がちょっと冷たくなる。

「…ラリー・ワグナーだったな。きみによるとなかなか優秀らしいから、地方で修業してきてもらうのもいいかもな」

「え……」

「海外赴任でもいい。発展途上国のために尽くしてもらうというのもありかな。うちの財団には元事務官もいて、人事には顔が利く」

そういえばラリーもふざけてそんなこと云っていたような…。

「じょ、冗談、…だよね？」

「さあ、それはきみしだいじゃないかな」

ラリーの従姉の話は既にクレイグに話して、誤解は解けているはずだ。ハルトには彼がなぜ急に不機嫌になったのか、まるでわかっていなかった。

「ラリーから何を云われた？」

「そんな大したことじゃなくて…」

「だったら隠すことないな」

「隠してるわけじゃ…」

ハルトは云おうとしたが、恥ずかしくて目を伏せてしまう。

「ハルト？」

「…つ、つがいになったことがバレちゃったみたいで……」

「は？」

「ぼ、僕がうまくごまかせなくて…」

泣きそうな顔になるハルトを、クレイグは苦笑しながら抱き寄せた。

「…そんなことか」

「ご、ごめんなさい」

「なぜ謝る。べつにバレて困ることはない。むしろ、その方がいい」

こんなわかりやすい嫉妬にすら、ハルトはまったく気付かない。

「でも、クレイグに嫌な思いをさせてしまって…」

申し訳なさそうに目を伏せるハルトが、クレイグにはたまらなく可愛い。

「…それじゃあ、お詫びのキスをしてくれ」

じっと目を見て促す。

ハルトはもじもじしていたが、それでも思いきって口づける。自分からキスをすることは滅多にないが、それでも少しずつ慣れてきた。

クレイグの舌が自分の舌にからみついてきて、ハルトもそれに応える。

それだけでわだかまりが解けていって、身体中が幸福感で満たされた。

「どこか食べに出るか」

この日ハルトは休みだったが、クレイグは昼から打ち合わせが入っていた。

二人きりでゆっくり朝食をとるのもいいが、ビジネススーツのクレイグと優雅にブランチを食べるというシチュエーションも捨て難い。

そんなことで悩んでいると、クレイグはハルトのマグを取り上げてサイドテーブルに置いた。

「やっぱりデリバリーにしよう」

「え……」

「こんな可愛い子を連れていったら、そのあと心配で打ち合わせに行けなくなりそうだ」

にやにや笑うと、自分がハルトのうなじに付けた痕をぺろりと舐めた。

ぴくんとハルトの身体が反応する。

「…もっと目立つとこに付ければよかった」

冗談とも本気ともとれるように云って、ハルトの指に自分の指をからめる。そしてその手を引き寄せて、ハルトの細い指に口づけた。

その甘い響きに、こんなに幸せでいいんだろうかとハルトは胸がいっぱいになる。

デリバリーで届いた朝食をとりながらもハルトは幸福を噛みしめているところに、クレイグの元に秘書からメールが入った。

「テレビつけろって…」

ハルトがモニターを起動させると、首相による緊急の記者会見が始まっていた。

ひと月ほど前からX国との交渉がうまくいかず、電力不足が起こりそうな懸念をメディは報じていたのだが、それがどうやら避けられない事態となったようだ。

首相は諦めずに更なる交渉を進めることを明言しつつ、国民の協力と準備を説いていた。

たとえX国以外からの協力が得られたとしても、電力料金の高騰は必須で、それは国民生活に大きな負担がかかることにもなる。

現代に於いて、電力不足とは死に直結する大問題となる。エネルギーを他国に依存するということは、こうした問題が常に起こり得る。

Ｘ国から出された条件は、この国の周辺国にも影響が及ぶもので、簡単に受け入れられるものではなかったため、関係官庁は総力をあげて情報収集に駆けずり回っていた。

国際政治は様々な思惑がからみ合い、一筋縄ではいかない。自分たちのような小国は、大国同士の綱引きの陰で如何に生き延びるかを常に模索し続けなければならないのだ。

そして問題は、それだけではなかった。

「…よくない流れだな」

スマホでネットニュースを検索していたクレイグが呟く。

「ＡＡＴ社製品があの価格で入ってきたら、国内メーカーはひとたまりもないぞ」

クレイグの表情が歪む。

ＡＡＴ社はＸ国政府との結びつきも深い世界的な巨大企業だ。ロックハートにも大きな影響が及ぶ可能性もある。

ハルトが知る限りの政府筋からの情報では、何とか悪い流れを変えようと徹夜で調整にあたっているが、難航しているようだ。

社会情勢は、ほんのちょっとしたがキッカケで大きく流れが変わることがある。そして悪い方に針が触れると、そのまま加速度的に転げ落ちていくのだ。タイミングを見逃すと簡単に止めることができなくなる。

が、暫くしてその状況は一転した。

そのことが報道される前に、クレイグの元にキャサリンから電話があった。


キャサリンには、誰にも云えない秘密がある。結婚する前に、父親が誰かは云えない子を身ごもり、秘密裏に出産していたという過去があるのだ。

彼らの国や周辺国では、未婚で妊娠したからといって特に隠すようなことではなかった。仮に育てられない事情があれば養子に出すシステムも整っている。

しかしキャサリンの場合は、伏せざるを得ない事情があった。

その父親は、いずれ国王となる皇太子だったからだ。

まだ十代だったキャサリンは、従兄と恋に落ちた。ひと夏で終わった恋だったが、彼女は二人の子を宿してしまった。

相手が誰かは親にも云えず、また宗教上の理由で中絶することもできず、留学と称してアメリカに渡ってそっと出産した。

最初から養子に出すことは決めていて、条件は子どもが大学進学を希望したら必ず叶えてくれることだけで、あとは仲介業者に任せた。その結果、四十代の裕福なカップルの養子となったとだけを知らされた。

キャサリンはその子のことを忘れたことはなかったが、それでも自分から探したり会いに行ったりはしなかった。そういう約束だったし、会えないのは、先のことまで考えなかった自分の愚かさに対する罰だと思っていたからだ。

ただ幸せであってくれと願うことしか許されずに、あれから六十年近くの時がたっていた。

あの日、ハルトがクレイグのつがいになったあのときに、キャサリンは夢を見た。

異国で育った娘と再会する夢だった。

娘は凛として美しく、幸せそうに微笑んでいた。

そんな夢は初めてで、飛び起きたキャサリンは暫く涙が止まらなかった。自分の願望が見せる夢だとわかっていても、これまでの後悔が僅かでも癒されるようだった。

が、その日彼女の元に一通のメールが届いた。

執事のチェックを受けた後にキャサリンに転送されたそのメールは、彼女の孫を名乗る女性からのものだった。

キャサリンは夫にすら養子に出した子どものことは打ち明けてなかったが、執事と弁護士だけには話してあったのだ。それは万が一その子に何かあって自分を頼ってきたときに、門前払いに遭うことがないようにという配慮からだった。

『グランマが、歴史ある国の王族出身だと聞いて、自分がまるで映画の主人公になったかのような驚きを感じています』

リンダと名乗る女性は、キャサリンが養子に出した子の一人娘で、既に三十二歳になっていて、二人の子どもがいるという。

リンダからのメールに添付されていた画像に、キャサリンは息ができなくなるほど驚いた。

親子三人の仲睦まじい写真だったが、リンダであろう若い女性は、キャサリンが夢の中で会った女性とそっくりだったのだ。

これは奇跡だと、キャサリンは思った。

六十年近くたって、いきなり過去に閉ざした扉が開いたのだ。


リンダの母、つまりキャサリンの娘はアシュリーと名付けられた。

アシュリーは、アジア系のカップルに引き取られたので、両親とは血の繋がりはないことは明白だった。が、そのことでアシュリーが不満や疑問を持つことなど一度としてないくらい、溢れるほどの愛を注がれて育った。

養父母になってくれた夫婦はアメリカで成功した事業家で、アシュリーは物質的にも何不自由のない暮らしを送ることができていた。

アシュリーは自分のルーツにも興味がなく、遺伝子上の母のことを調べようともしなかった。無意識のうちに養父母に対する遠慮があったのかもしれないが、それ以上に養父母が与えてくれるものに満足していたからのようだ。

アシュリーは養父母と同じ国の男性と結婚した。親同士が仲が良く家族ぐるみの付き合いをしていて、二人は幼馴染でもあった。

彼女は忙しい夫に代わって家のことを切り盛りしていた。

プール付きの豪邸には使用人は不可欠で、彼らへの指示はアシュリーの仕事である。他にも夫の仕事関係者を招いてのホームパーティや地域のボランティア活動への参加は、富裕層の義務でもある。

アシュリーたちはやがてリンダを授かった。ナニーには任せずに自分たちで育て、彼女の成長を見守った。そんな充実した生活の中で、アシュリーが自分のルーツについて深く考えることは殆どなかったのだ。

リンダが結婚し二人の孫も生まれて、アシュリーの生活は更に愛に溢れたものになったが、今から三年ほど前に養父が亡くなり、数か月後に後を追うように養母も亡くなった。大往生とも呼べる最期で、立派な葬儀でそれぞれを見送った。

その翌年、養母からアシュリーに手紙が届いた。生前に書かれたもので、『もし貴方が遺伝子上の母親のことを知りたいと思ったときには○○事務所を訪ねなさい』と、養子縁組の仲介業者の連絡先が記されていた。

アシュリーがまだ学生のころから、何度か養父母からルーツを知りたくないのかと聞かれたことがあったが、アシュリーはいつも笑って否定していた。

が、このときにふと、アシュリーは娘のリンダのことを考えた。もしかしたら彼女が知りたがるかもしれないと。

リンダは父の影響を強く受けて、父の国とアメリカの半々で学校生活を送った。今はアメリカで暮らしているが、父の国の国籍を選択している。夫も同国人で二人の子どもがいて、自分たちの国とアメリカを頻繁に行き来する生活を送っている。

リンダはすぐに興味を持ち、母に代わって問い合わせることにしたのだ。

それでも自分の遺伝子上の祖母が、小さいとはいえ一国の王族だったとはにわかに信じられないことで、リンダはキャサリンの画像を見つけるまでは、誰かが王族の名前を騙ったのではないかと疑っていた。

ネットで見つけたキャサリンの画像を見て、リンダはそれが真実だと確信した。

それをアシュリーに報告すると、リンダ以上に驚いていた。

名乗り出ることはさすがに躊躇して、暫くは何もしなかった。

それでもリンダはどうしても会ってみたいという気持ちが抑えられなくて、とうとうキャサリンにメールを送ることにしたのだ。

ほどなくしてキャサリンから返事があって、彼女たちは涙の対面を果たしたのだ。

しかも、奇跡はそれだけではなかった。

リンダの夫はＡＡＴ社の創始者の御曹司で、彼らの母国はＸ国だったのだ。

リンダは、自分のルーツであるキャサリンの国が窮地に陥っていることを知って、そのことをキャサリンに相談した。自分が役に立てるはずだと。

実はリンダはオメガで、アルファである彼女の夫はリンダを溺愛していた。愛する彼女のためならと、キャサリンの提案を受け入れて、経営幹部を説得してくれた。

リンダのために動いたのは夫だけでなかった。ＡＡＴ社副代表である義母も、政府に働きかけてくれたのだ。

それは、リンダは夫だけでなく義母からも愛されていたせいだ。アルファである義母は、オメガのリンダが可愛くて仕方ないらしく、結婚前から買い物や食事に彼女を連れ回していた。息子のつがいでなければ、自分の愛人にしていたのにと云うくらいリンダにご執心で、リンダも決断力のある強い義母が大好きだった。

そんなリンダのお願いを、義母が無碍《むげ》にするはずがない。

義母はそもそもが名家の出身で、政界にも強いコネを持っていた。その権力をフル活用して、議会を動かした。

政府内でも、強引過ぎるやり方は国際社会の非難を買うばかりで益は少ないという論調が根強かったこともあって、再度検討されることになったのだ。


「支度できたか？」

クレイグはハルトの部屋に入ると、ネクタイを結び終えたハルトの後ろに回って鏡を覗き込んだ。

「うん。いいね」

二人はキャサリンに招待されて、初めて二人が出会った彼女の屋敷を再び訪れることになったのだ。

キャサリンが寄越したリムジンは、向かい合わせで座れるほど広く、シャンパンもコーヒーも何でも揃っている。それでもクレイグは自分の隣りにハルトを座らせて、彼の華奢な腰を抱いた。

「あのレポート全部読んだか？」

キャサリンの秘書がまとめた、ガードナー家の双子とロックハートとの関係のレポートだ。

「読んだけど…。お伽噺《とぎばなし》みたいだった」

ハルトの言葉に、クレイグはくすっと笑う。

「きみの先祖のおかげで、私の先祖は生き延びたんだな」

「…そうなのかな。そうだったらいいけど……」

「礼を云うべきかな」

真面目な顔でじっとハルトを見る。そんなふうに見られると、ハルトはどうしていいのかわからなくなって、つい目を伏せてしまう。

「ぼ、僕が何かしたわけじゃないし……」

「でもきみも、ロックハートに幸運をもたらしたわけだし」

「それは、ただの偶然だと…」

「ロックハートだけでなくこの国も救ったわけだろ？」

「だから、何もしてないから…」

ハルトは戸惑うしかない。

「何にせよ、状況がよくなったことは喜ばしい。だろ？」

「それはもちろん」

電力不足の件で胸を撫で下ろしている政治家や官僚は多いだろう。ただ、このことは他言無用と釘を刺されているので、表向きは政治家や官僚の働きのおかげとされていた。

「しかし、彼女にそんな過去があったとはな。しかも養子に出した夫妻がアジア系とは…。何か縁があるのかもしれん」

しみじみと頷いた。

キャサリンの屋敷は、以前に訪れたときと違ってひっそりとしていた。あのときは招待客が何人もいたし、音楽家たちも呼んでいた。しかし今日は自分たち以外には使用人しかいないのだから静かで当然なわけだが、なんだか中世のころに迷い込んだような気にさせられる。

「クレイグ様、ハルト様、お待ち申し上げておりました」

執事が出迎えてくれて、奥の部屋に案内された。

長い廊下には、この城の主の肖像画がずらりと並び、その中には精巧に作られたコピーもある。オリジナルは国立の美術館に飾られているのだ。

「クレイグ、ハルト、よく来てくれました」

広い応接室で待っていると、キャサリンが二人を歓迎した。

「貴方たちのおかげで、娘にも孫娘にも会えました。心からお礼を云います」

彼女は、ガードナー家の双子のおかげだと信じ切っているようで、ハルトは心底困ったように俯いてしまった。

「どうしました？」

慌てて顔を上げたが、それでもハルトはどう答えればいいのかわからない。

それに、クレイグが助け舟を出した。

「ハルトは、自分が何もしてないのに感謝されて戸惑ってるんですよ」

「まあ、そんなこと……」

「あの、僕こそキャサリン様にお礼を云わなければ…」

ハルトは意を決したように口を開いた。

「クレイグと、会わせてくださってありがとうございます。キャサリン様が僕たちのことを探そうとされなければ、クレイグとは一生会うことはできなかったはずです。本当に感謝しています」

ハルトは深々と頭を下げた。

「僕の先祖がロックハート家の力になれていたとしたら、心から嬉しく思います。そのおかげで僕がここにこうしていることができているなら、先祖に恥じないよう、ロックハート家のために、国のために人生を捧げる覚悟です」

その言葉に、キャサリンは胸を揺さぶられた。

「ありがとう。でもロックハートはもうきっと大丈夫。この先、ガードナーの血が加わるんですから安泰です。そんな気がします」

そう云って、キャサリンは安心したように微笑んだ。


「…さっき、きみはキャサリン様がいなければ、私たちは一生出会うことはなかったと云っていたが、あれは間違ってる」

帰り道の車の中、クレイグは外の景色を見ていたが、ふと思い出したように云った。

「私たちは、必ずどこかで巡り合うことに運命付けられているのだ。それにたまたまキャサリン様が手を貸しただけのことだ」

「……」

「彼女が探してなければ、違う形で出会っていた」

クレイグは断言する。

「私はそう確信している。…きみは違うのか？」

探るようにハルトの目を見る。その視線は強く、ハルトは思わず目を伏せてしまった。

「そうであればいいのですが…。でも、よくわかりません」

それはハルトの正直な返答だった。確かに、初めてクレイグと出会ったときに自分の中の何かが強く反応したことは今でも覚えている。が、それがクレイグのいう魂のつがいだからなのかは、自分ではよくわからないのだ。

そもそも、クレイグ以外と付き合ったことがなかったから、彼だけが特別なのかどうかも比べようがなくてわからない。

「…きみはそういうところ正直でいいな」

愛しそうにハルトを見る。

「それじゃあ、私たちがつがいになったことと、彼女が見た夢のことはどう考えている？」

「…それは、ただの偶然なんじゃないかなと」

戸惑うように返すハルトの指に、自分の指をからめる。

「その偶然を奇跡って云うんじゃないかな」

「奇跡…」

「私は奇跡というものは信じるよ」

確かに奇跡はある。今自分がクレイグの傍にいることこそが奇跡だとハルトは思う。

「まあ、私はべつにきみがロックハートに幸運をもたらしてくれるから、きみをつがいにしたわけじゃないしな」

からめた指にそっとキスをする。

「ただ、きみを自分のものにしたかっただけだ」

ハルトの耳がみるみる赤くなる。

「私たちが結ばれるのは運命のようなものだし、こうして二人でいることがもう奇跡だな」

「クレイグ……」

そんな奇跡があるのだとしたら、自分も信じたい。それでもまだ、ハルトは戸惑っていた。

「愛してるよ。一生、私のものだ」

ハルトの黒い眸が見開かれて、一筋の涙が頬を伝う。

「僕も…。あ、愛していま……」

涙がとめどなく溢れて、あとは言葉にならなかった。

# あとがき

王族アルファと没落貴族のオメガのお話で、今回は現代が舞台です。

王族とは云っても王位継承権は持たない、王室とは距離を置いている、要するに高貴な血を持つお金持ちのイケメンのアルファに過ぎません。

受けは双子の片割れで、なんか私、わりと双子の設定好きなのではと、今更ながら気づいたしだいで。

もしかしてかなりトンデモな話になっちゃってますが、楽しんでいただければ幸いです。

イラストの小山田《おやまだ》あみ先生、お忙しいところお引き受けくださってありがとうございます。攻め様が素敵すぎてドキドキしますね！　萌え萌えです。

また、担当さんにはいつもお世話になっております。よきアドバイス、感謝でございます。

何より、読者さまには最大級の感謝を。皆さまのおかげで書き続けていくことができています。数多ある本の中から拙作を選んでくださってありがとうございます。心から。

二〇二二年一月　義月粧子

# カクテルキス文庫

Cocktail Kiss Label

## 好評発売中！！

◆葵居ゆゆ

青の王と花ひらくオメガ　笹原亜美 画　本体755円＋税

キャラメル味の恋と幸せ　古澤エノ 画　本体760円＋税

◆伊郷ルウ

天狐は花嫁を愛でる　明神 翼 画　本体639円＋税

赤ちゃん狼が縁結び　小路龍流 画　本体685円＋税

異世界で癒やしの神さまと熱愛　えとう綺羅 画　本体685円＋税

熱砂の王子と白無垢の花嫁　えとう綺羅 画　本体685円＋税

花嫁は豪華客船で熱砂の国へ　水綺鏡夜 画　本体685円＋税

八咫鴉さまと幸せ子育て暮らし　すがはら竜 画　本体755円＋税

虎の王様から求婚されました　古澤エノ 画　本体755円＋税

お稲荷さまはナイショの恋人　すがはら竜 画　本体760円＋税

◆上原ありあ

囚われた砂の天使　有馬かつみ 画　本体639円＋税

◆海野幸

ウサ耳オメガは素直になれない　小椋ムク 画　本体755円＋税

◆えすみ梨奈

天才ヴァイオリニストに見初められちゃいましたっ！　立石 涼 画　本体685円＋税

◆栗城 偲

嘘の欠片　一夜人見 画　本体755円＋税

◆高岡ミズミ

恋のためらい愛の罪　蓮川 愛 画　本体632円＋税

今宵、神様に嫁ぎます。～花嫁は強引に愛されて～　緒田涼歌 画　本体573円＋税

恋のしずくと愛の蜜　蓮川 愛 画　本体639円＋税

竜神様と僕とモモ　～ほんわか子育て溺愛生活♥～　タカツキノボル 画　本体639円＋税

情熱のかけら　えとう綺羅 画　本体685円＋税

月と媚薬　立石 涼 画　本体685円＋税

溺れるまなざし　やすだしのぐ 画　本体685円＋税

オメガの純情　～砂漠の王子と奇跡の子～　小山田あみ 画　本体755円＋税

不器用な唇　First love　金ひかる 画　本体760円＋税

不器用な唇　Sweet days　金ひかる 画　本体760円＋税

◆橘かおる

神獣の寵愛　～白銀と漆黒の狼～　明神 翼 画　本体573円＋税

神獣の溺愛　～狼たちのまどろみ～　明神 翼 画　本体630円＋税

黒竜の花嫁　～異世界で王太子サマに寵愛されてます～　稲荷家房之介 画　本体639円＋税

神の花嫁　タカツキノボル 画　本体648円＋税

レッドカーペットの煌星　明神 翼 画　本体685円＋税

その唇に誓いの言葉を　実相寺紫子 画　本体685円＋税

神主サマはスパダリでした　タカツキノボル 画　本体685円＋税

黒竜の寵愛　～異世界で王太子サマと新婚生活～　稲荷家房之介 画　本体685円＋税

神様のお嫁様　タカツキノボル 画　本体685円＋税

王宮騎士の溺愛　タカツキノボル 画　本体685円＋税

妖精王と麗しの花嫁　香坂あきほ 画　本体685円＋税

いつわりの甘い囁き　すがはら竜 画　本体755円＋税

ツンデレ猫は、オレ様社長に溺愛される　香坂あきほ 画　本体755円＋税

Cocktail Kiss Label

カクテルキス文庫をお買い上げいただきありがとうございます。
先生方へのファンレター、ご感想は
カクテルキス文庫編集部へお送りください。

〒102-0073　東京都千代田区九段北3-2-5 5F
株式会社Jパブリッシング　カクテルキス文庫編集部
「義月粧子先生」係 ／「小山田あみ先生」係

◆カクテルキス文庫HP◆ https://www.j-publishing.co.jp/cocktailkiss/

# 王族アルファの花嫁候補

2022年3月30日　初版発行

著　者　義月粧子
©Syouko Yoshiduki

発行人　藤居幸嗣

発行所　株式会社Jパブリッシング
〒102-0073　東京都千代田区九段北3-2-5 5F
TEL　03-3288-7907
FAX　03-3288-7880

印刷所　中央精版印刷株式会社



ISBN978-4-86669-472-6　Printed in JAPAN